講談社文庫

将軍の首

公家武者信平《のぶひら》ことはじめ(十四)

佐々木裕一

講談社

目次

第一話　将軍の首　9
第二話　改易の危機　77
第三話　強敵　141
第四話　いくさ支度　209

『将軍の首──公家武者信平ことはじめ14』の主な登場人物

鷹司《たかつかさ》　松平信平《まつだいらのぶひら》……三代将軍家光《いえみつ》の正室・鷹司孝子《たかこ》（後の本理院《ほんりいん》）の弟。鷹司の血を引くが庶子ゆえに姉を頼り江戸にくだり武家となる。

葉山善衛門《はやまぜんえもん》……家督を譲った後も家光に仕えていた旗本。家光の命《めい》により信平に仕える。

四代将軍・家綱《いえつな》……幼くして将軍となる。本理院を姉のように慕い、永く信平を庇護《ひご》する。

阿部豊後守忠秋《あべぶんごのかみただあき》……信平に反感を抱く幕閣もいる中、家光・家綱の意を汲《く》み信平を支える老中。

松姫《まつひめ》……徳川頼宣《とくがわよりのぶ》の娘。将軍・家綱の命で信平に嫁ぎ、その子福千代《ふくちよ》を生む。

徳川頼宣……松姫可愛《かわい》さから輿入《こしい》れに何かと条件をつけたが、次第に信平のよき理解者に。

お初《はつ》……老中・阿部豊後守の命により、信平に監視役として遣わされた「くのいち」。

五味正三《ごみしょうぞう》……町方同心。事件を通じ信平と知り合い、身分を超えた友となる。

中井春房《なかいはるふさ》……紀伊《きい》徳川家の家臣ながら松姫の輿入れに従い事実上、信平の家臣となる。

江島佐吉《えじまさきち》……強い相手を求め「四谷《よつや》の弁慶《べんけい》」なる辻斬《つじぎ》りをしていたが、信平に敗れ家臣に。

鈴蔵《りんぞう》……馬の所有権をめぐり信平と出会い、家来となる。忍びの心得を持つ男。

千下頼母《せんげたのも》……病弱な兄を想《おも》い家に残る決意をした旗本次男。信平に魅せられ家臣に。

神宮路翔《じんぐうじしょう》……徳川に復讐《ふくしゅう》を誓った秀吉《ひでよし》側近、神宮路幸親《ゆきちか》の末裔《まつえい》。両替商千成屋《せんなり》を名乗る。

宗之介《そうのすけ》……神宮路翔の弟子。信平と互角に渡り合える剣の力を持つ。

永井三十郎《ながいさんじゅうろう》……家綱より、ひょうたん剣士探索を続ける信平の与力に任ぜられた公儀隠密《おんみつ》。

将軍《しょうぐん》の首《くび》——公家武者信平《のぶひら》ことはじめ（十四）

第一話　将軍の首

一

近頃江戸市中では、強盗、辻斬《つじぎ》りといった凶悪な犯罪が増加し、治安が悪化していた。

公儀はこれに対し、町奉行所の見廻《みまわ》りを強めさせると同時に、大番《おおばん》から市中見廻組を選出し、治安回復に躍起《やっき》になっていた。

その最中に、ことが起きた。

霧《きり》のような雨が降る、早朝のことだ。

赤い番傘《ばんがさ》をさした若者が江戸城大手門《おおてもん》に進み、いぶかしげな眼を向ける門番の前に立った。

空色の小袖《こそで》に灰色の袴《はかま》を着け、朱鞘《しゅざや》の太刀《たち》を帯びている若者に、門番が警戒の目を向けて叱りつけた。

「おい。今日は諸大名が登城される朔日《ついたち》だ。ただちに立ち去れ。ここはそのほうごとき浪人者が来る場所では――」

場所ではない！　と、言い終える前に、門番の首が胴体から刎《は》ね飛ばされた。

番傘を左手に持ったままの若者が、血が滴《したた》る太刀を右手に下げ、驚愕《きょうがく》の眼差《まなざ》しを向けるもう一人の門番に涼しげな顔を向けた。

情のない眼差しに戦慄《せんりつ》した門番が、咄嗟《とっさ》に六尺棒を構える。

「曲者《くせもの》！　曲者でござる！」

叫んで助けを呼ぶと、すぐさま脇門が開けられて警固《けいご》の侍たちが出てきた。

若者はそれを待っていたかのごとく、番傘を捨てて走る。

猛然と向かってくる曲者に驚きながらも、侍たちが抜刀して迎え撃つ。しかし、若者の恐るべき剣さばきにより、侍たちは一太刀も浴びせられずに斬られた。

大勢の者を相手にする時の戦い方を知る若者は、侍たちを殺さず、腕や足の筋《すじ》を断ち切って動きを封じている。

激痛にうめく同輩の有様《ありさま》を見た侍が、中に逃げ込んで叫ぶ。

「門を閉めよ！」

門番たちが脇門を閉ざそうとした。だが、若者が押し入り、侍たちを斬った。

本丸へ続く下乗御門《げじょうごもん》へ向かうと、門前の大番所から警固の者が出てきた。

若者は余裕の笑みさえ浮かべて迫り、迎え撃たんとする侍たちを次々に倒した。

命を取らずに動きを封じる剣は冴《さ》えに冴え、誰も近づけぬ。橋を渡り、下乗御門に迫るや、固く閉ざされているはずの脇門が開いた。一人の門番が顔を出し、若者を招き入れるではないか。

警固の侍たちは慌てふためいたが、若者に追い付くや、気合をかけて斬りかかった。

だが、若者にかすり傷ひとつ与えられず、陽光に煌《きら》めく刃によってことごとく手足の筋を斬られ、動きを封じられた。

激痛にもがく者たちを見回した若者が、門番に扮《ふん》していた仲間に言う。

「天下人《てんかびと》がいる城にしては、守りが薄いですね」

「へへ、旦那、あっしを褒《ほ》めていただきてぇですね。あそこに詰める鬼どもを眠らせたのですから」

仲間が指し示す先には、守りの要《かなめ》である百人番所がある。ここに詰めていた根来組《ねごろぐみ》の与力《よりき》や同心たちは、若者の仲間が虫除《むしよ》けと称して焚《た》いた眠り薬の線香によってぐっすり眠っている。

櫓《やぐら》に詰める見張りも同じく眠っており、ここから本丸まで続く道は開けていた。

「本丸の者も眠っているのか」

「いいえ。特に警固が厳しいこの場だけです。旦那の楽しみを奪っては、叱られますのでね」

若者は笑みを浮かべてうなずいた。人を斬っているとは思えぬ、いい笑顔だ。

「では、将軍の首をいただくとしますか」

「将軍の首を取れば、諸大名は我らの力を恐れましょう。翔《しょう》様が天下を取られるのは確実。旦那は天下人の家来ですな」

「わたしは、そのことにはあまり興味がないので」

温厚な顔に見合う言葉づかいで言った若者は、刀を鞘に納めて歩みを進め、本丸へ上がる坂へとさしかかった。本丸を守る門の脇門が開けられ、門前には門番たちが倒れている。

「ほんとうに、獲物は残っているのでしょうね」

若者が呆《あき》れ気味に問うと、仲間がうなずく。

「いますとも。気付かれて門を閉められないうちに急ぎましょう」

仲間が先に立って走りはじめた時、若者は背後に迫る気配を感じて振り向いた。その者が発する剣気に、若者が嬉《うれ》しげな声をあげた。

「邪魔《じゃま》が入りましたよ」

立ち止まった仲間が振り向き、険《けわ》しい顔をした。

「中に入って門を閉ざせば邪魔はされません。急ぎましょう」

「もう間に合いませんよ。先に行って門を守ってください」

若者は言うなり、坂を駆け下りた。

間合いを一気に詰め、抜刀して払う。

若者は抜く手も見せぬ早業《はやわざ》で、相手の胴を斬りにいったのだが、見事にかわされた。

飛びすさって間合いを空けた若者は、刀を右手に下げ、余裕の顔で言う。

「わたしの一撃をかわすとは、なかなかやりますね。名を教えていただけますか」

「先に名乗るのが礼儀であろう」

「それもそうですね。わたしは宗之介《そうのすけ》と申します」

「鷹司《たかつかさ》、松平信平《まつだいらのぶひら》だ」

登城してきた信平は、この騒動を知って駆け付けたのだ。

宗之介が言う。

「立派な名前だ。以後、お見知りおきを。ご安心ください、殺しはしませんので」

刀を構える宗之介に対し、信平は素手《すで》で防御の構えを取る。

白い狩衣《かりぎぬ》姿の信平に、宗之介が呆れた顔をした。

「素手で勝てるとお思いですか。美しい姿なのに、なんだか感じが悪い人だなぁ。わたしは、感じが悪い人が大嫌いなのですよ。気が変わりました。あなたを殺します」

言うや、襲いかかった。

袈裟《けさ》懸《が》けに斬り下ろした一刀をまたもや信平にかわされたが、宗之介は休みなく斬りかかった。

宗之介の太刀筋は速く、刃が空気を斬る音がする。

信平は、次々と繰り出される攻撃を見切ってかわし、一瞬の隙《すき》を突いた。

宗之介が気付けば、目の前に狐丸《きつねまる》の切っ先を向けられている。瞬時に飛びすさり、刀を構えた。その顔には、人を馬鹿にした笑みを浮かべている。

信平は狐丸を引き、本丸を守るように坂の上に回り、両手を広げて低く構えた。

寸分の隙もなく、ただならぬ信平の剣気に応じた宗之介が、じりじりと下がった。

信平は背後の殺気に応じて、狐丸を振るった。

「うわ」

信平の背中を斬ろうとしていた仲間が腹を払われ、刀を落として昏倒《こんとう》した。

「えい！」

隙を突いた宗之介が飛び、太刀を振り上げて斬りかかった。

信平は狩衣の袖を振るって一撃をかわし、狐丸で相手の小手《こて》を斬らんとした。

飛びすさってかわした宗之介であるが、手首を浅く斬られて顔をしかめる。

「やりますねぇ。では、本気を出しますよ」

宗之介が言い、右手に持った刀を背中に隠し、左の手刀を信平に向けて構えた。

先ほどとはまるで違う剣気に応じて、信平も狐丸を構える。

鳳凰《ほうおう》の舞《まい》が通用するだろうか。

一瞬だが、信平の脳裏《のうり》に迷いが生じた。

それを察したように、宗之介が薄笑いを浮かべる。

「殿！　殿！」

葉山善衛門《はやまぜんえもん》の声が坂下の広場から響いたのはその時だ。

邪魔者が入り、宗之介が油断なく下がる。

「その顔、忘れませんよ」

勝負を一旦《いったん》預けるとばかりの言葉を残し、宗之介はきびすを返して坂を駆けくだった。

逃がすまいと左門字《さもんじ》を抜刀した善衛門であるが、宗之介は恐るべき跳躍をもって飛び越え、広場を走って大手門に向かう。

信平はあとを追った。

「善衛門、坂上の曲者を頼む」

「生きているのですか」

「峰打《みねう》ちじゃ」

信平はそう告げて広場を走り抜け、宗之介を追って大手門から出たのだが、登城してきた大名たちが異変に気付いていて、大騒ぎになっていた。

宗之介は、曲者が本丸を狙っていると吹聴《ふいちょう》し、大名の家臣たちのあいだを縫うように逃げていく。

江《え》島佐吉《じまさきち》と千下《せんげ》頼母《たのも》は、馬を守って大手門前の広場にいたのだが、逃げてくる宗之介に気付かず、大名家の者たちで混み合う広場で埋もれていた。

信平はあたりを捜したのだが、宗之介の姿はどこにもなかった。

将軍家綱《いえつな》を襲おうとした曲者の侵入は、信平によって阻止された。だが、たった二人の曲者の侵入を許したばかりか、本丸御殿の入り口まで迫られたことは一大事である。

この日のお城揃《ぞろ》えの行事は取りやめとなり、登城してきていた大名旗本はすべて帰され、大手門は堅く閉ざされた。

門を守る立場にありながら、妖しげな煙で眠らされていた者たちは、役目を怠《おこた》ったと咎《とが》められ、ことごとく捕らえられた。

混乱の中で本丸御殿に呼ばれた信平は、善衛門と共に控えの間に入った。

善衛門は、青い顔をして考え込んでいる。

そのことにいち早く気付いた信平は、狐丸を小姓《こしょう》に預けて座り、訊《き》いた。

「善衛門、宗之介と申す者に覚えがあるのか」

するとと善衛門は、左門字を小姓に預けて下がらせ、障子《しょうじ》を閉めた。

信平の前に座り、難しげな顔で言う。

「それがしの見間違いでなければ、厄介《やっかい》な相手かもしれませぬ。殿、曲者は、腰にひょうたんを下げておりましたな」

確かに善衛門の言うとおり、宗之介の腰には、金箔《きんぱく》を施《ほどこ》された派手なひょうたんが下げられていた。

「ふむ」

と、信平が答えると、善衛門が膝を進めて言う。

「あの曲者は、ひょうたん剣士に間違いござらぬ」

名は滑稽《こっけい》だが、ただならぬものを感じた信平は、思わず訊き返した。

「ひょうたん剣士？」

「さよう」

善衛門が神妙な顔で正体を明かそうとした時、廊下で訪《おとな》う声がした。

小姓が現れ、案内すると言うので、信平と善衛門は立ち上がった。

通されたのは、黒書院《くろしょいん》だ。

白書院にくらべて地味ではあるが、将軍が近しい者と会う格式高い部屋である。

善衛門と二人で待っていると、老中の稲葉《いなば》美濃守正則《みののかみまさのり》が先に入り、頭を下げる信平を一瞥《いちべつ》して座り、続いて阿部《あべ》豊後守忠秋《ぶんごのかみただあき》と酒井《さかい》雅楽頭忠清《うたのかみただきよ》が入室した。

この場に松平伊豆守信綱《いずのかみのぶつな》がいないことが、信平には寂しく感じられるのだった。

小姓が将軍のおでましを告げたので、一同が頭を下げて迎えた。

上座に座した家綱が、信平に言う。

「そなたのおかげで、余の首が繋《つな》がっておる。礼を申すぞ」

「当然のことをしたまでにござります」

うやうやしく応じる信平に、稲葉美濃守が顔を向けて言う。

「剣を交えながらも取り逃がしたのは、不覚でござったな。信平殿でも敵《かな》わぬ者がおったか」

これには善衛門が即座に口を挟んだ。

「殿が敵わぬのではございませぬぞ。曲者の逃げ足が速いのです」

稲葉が鼻にしわを寄せた。

「逃がしたのだから同じことだ。まあどうでもよい。肝心《かんじん》なのは、ふらち者が何者かということだ。峰打ちに倒した小者を締め上げておれば、正体がつかめたものを」

吐き捨てるように言うのは、善衛門が捕らえた曲者が、意識を取り戻して間もなく、舌を噛《か》んで死んでしまったからだ。

気付いた役人が飛び付いて止めようとしたのだが、曲者は、その役人の指を噛み切り、舌を噛んでいた。

稲葉は、油断したことを責めているのだ。

善衛門は、両手をついて家綱に詫《わ》びた。

その善衛門に、信平が言う。

「先ほど、ひょうたん剣士と申していたが、何者なのだ」

「そのことでござる。上様のお命を狙わんとした者は、ひょうたん剣士に違いないかと」

これには豊後守が驚いた。

「まさか、あのひょうたん剣士か」

善衛門がうなずく。

「腰に金のひょうたんを下げておりました。間違いございませぬ」

「何者じゃ」

家綱に訊かれて、善衛門が答えた。

「我が祖父、善次郎《ぜんじろう》から聞いた話でございまする」

善次郎が生前、善衛門に話したところによると、二代将軍秀忠《ひでただ》の時代にさかのぼる。

大坂《おおさか》夏の陣で豊臣《とよとみ》が滅亡した翌年、その者は江戸に現れた。

豊臣を滅ぼした恨《うら》みを晴らすべく、徳川《とくがわ》の重臣を次々に闇討ちにし、豊臣恩顧《おんこ》でありながら徳川に味方した大名の子息も、何名か斬殺された。その剣は凄《すさ》まじく、名のある剣客が次々と倒されているという。

生き残った者が、襲撃した者は腰に金の逆さびょうたんを下げていたと言ったことで、豊臣恩顧の大名たちは震え上がった。

金の逆さびょうたんとは、彼らが身命《しんめい》を賭《と》して仕《つか》えた秀吉《ひでよし》の馬印《うまじるし》だからだ。

また、剣士は身の丈《たけ》が高かったので、秀吉の息《そく》、秀頼《ひでより》の亡霊ではないか、という噂《うわさ》も立ち、豊臣恩顧の大名たちは、豊臣の祟《たた》りだと恐れたのである。

将軍秀忠の命の危険を案じた当時の重臣たちは、腕に覚えのある剣豪を集め、討伐《とうばつ》にのりだした。だが、ほとんどの者が倒されてしまい、討伐できぬまま剣士は忽然《こつぜん》と姿を消した。

江戸市中では、いつしかその者のことをひょうたん剣士と呼ぶようになり、伝説となっていたのだ。

（いずれ必ず、将軍の首を頂戴《ちょうだい》いたす）

そう書かれた書状が江戸城に届いたのは、ひょうたん剣士が姿を消して一年後だったという。

「これが、我が祖父から聞いた話でございます」

善衛門の話を聞いた家綱が、神妙な顔でうなずいた。

「そなたの祖父は、台徳院《たいとくいん》様（秀忠）のおそばに仕えていたのだったな」

「はい」

「ひょうたん剣士という名はともかく、二代将軍の首を狙う剣士が現れたことは、余も知っておる。その者がよこした書状も、どこかにあるはずじゃ」

善衛門が頭を下げる前で、稲葉が言う。

「それがしは初耳でござる。酒井殿はご存じだったか」

「いえ」

酒井が頭を振った。

これを受け、豊後守が口を開いた。

「当時は、犠牲者《ぎせいしゃ》の大半が豊臣恩顧の大名家の者であったため、噂は伝説となり、薄れていったのでござろう。送られた書状も、何者かのいやがらせだということになり、大事《おおごと》にはされなかったはず。葉山殿、そうであろう」

豊後守に言われて、善衛門は答えた。

「そのとおりでございます」

「しかし、その剣士が現れた」

信平が言うと一同が押し黙り、重苦しい空気となった。

「伊豆が生きておれば、なんと申したであろうな」

将軍家綱が言ったのだが、思わず出た言葉だったのだろう。老中たちの顔色をうかがうそぶりを見せた。

稲葉が、いなくなった者をいつまでも頼りにする家綱に顔をしかめ、信平に問う。

「信平殿、曲者は若者であったそうだが、まことか」

「はい」

信平の返答を受けた稲葉が、家綱に顔を向ける。

「上様、曲者は、ひょうたん剣士と呼ばれた者となんらかの関わりがある者ならば、代替わりしてなお、昔年《せきねん》の恨みを持ち続けておるのやもしれませぬ。此度《こたび》は城の守りに不手際がございましたが、次はありませぬゆえ、ご安心くだされ。われら三名の老中が力を合わせて必ずや見つけ出し、成敗《せいばい》いたしまする」

「うむ。江戸の民が不安に思わぬよう、一刻も早《はよ》う見つけ出せ」

家綱の言葉に、老中たちが頭を下げた。

「信平」

家綱に呼ばれて、信平も頭を下げる。

「此度はそなたのおかげで命を救われた。礼を申すぞ。善衛門、そなたもな」

「もったいなきお言葉にございまする」

善衛門が大声で言い、両手をついて頭を下げた。

家綱が笑みを浮かべて言う。

「信平、善衛門、望みがあれば申せ」

「ございませぬ」

信平が遠慮したので、善衛門が渋い顔となり、家綱に顔を向けた。

「されば上様、それがしから申し上げまする」

「うむ」

「できますれば、信平様に御加増を賜《たまわ》りたく」

「おい。図々《ずうずう》しいぞ」

稲葉が即座に口を挟んだので、善衛門が口をむにむにとやる。

「御老中は、上様のお命をお救いしたことを、御加増にあたいせぬ働きとおっしゃいますか」

稲葉が慌てた。

「い、いや、そのようなことは言うておらぬ。そもそも、信平殿は公家《くげ》の出でありながら、二千四百石という過ぎたる領地を有しておられるのだ。このうえ加増を望むのは、欲張りというものであろう」

稲葉が信平をちらちら見ながら言うので、

「欲張りとは聞き捨てなりませぬ」

善衛門が怒りをあらわにして反論した。

「信平様は、大名に名を連ねていてもよろしいほどのお人でございますぞ。二千四百石が過ぎたる禄高《ろくだか》とは、あまりに無礼ではございませぬか」

遠慮のない善衛門に、稲葉が不機嫌となった。

「わしは、間違《まちご》うたことは言うておらぬ」

「なんですと！」

「よさぬか」

豊後守が止めた。

「上様の御前であるぞ」

善衛門が不服そうな顔で口を閉ざすのを見て、家綱が真顔で言う。

「善衛門が申すことはもっともじゃ。加増の件は、考えておく」

「上様」

稲葉が止めようとしたが、家綱が制した。そして信平に言う。

「信平、此度は申し渡すことはできぬが、いずれ加増する。よいな」

「今のままで十分でございまする」

辞退する信平に、家綱が笑った。

「元々欲のないそなただ。松姫《まつひめ》と共に暮らせるようになったことで、家禄《かろく》の加増に目が向かなくなったか。善衛門は、そなたが大名の器《うつわ》でありながら、出世を望んでおらぬのではないかと案じておるのだぞ」

「上様、そのことは」

善衛門は、言うてくださるなと、目顔を向けた。元々、公家の出である信平の監視役として付けられた善衛門だ。今ではすっかり家臣のようであるが、城へ上がり、家綱に報告をする役目は続いている。

もっとも、報告と言っても初めのうちから信平の自慢ばかりで、近頃は、信平を大名にするべきだとうるさいので、家綱も困っているのである。

そんなことだろうと察した信平は、善衛門に顔を向けた。

「買いかぶりすぎだぞ、善衛門」

「そのようにご謙遜《けんそん》をなされますな。紀州《きしゅう》様とて、いつ大名になるのかと案じておら

りたたかれておりましたので、それがしが尻をたたかれて

れます」

「舅《しゅうと》殿が？」

「さよう。城で顔を見るたびに、婿《むこ》殿の尻をたたけと、それがしが尻をたたかれてお
り申す」

舅紀州藩主徳川頼宣《よりのぶ》の顔を想像して、信平は閉口《へいこう》した。

家綱が言う。

「そういうことじゃ、信平。余が加増をすると言うた時は、遠慮せず受けてくれ。よいな」

「ははっ」

「ありがたきお言葉。おそれいりまする」

「今日はご苦労であった。下がってよい」

「はは」

信平は頭を下げ、善衛門と共に黒書院を出た。

二

この時、江戸城を騒がせた宗之介は大川《おおかわ》を渡り、深川《ふかがわ》のとある場所にある屋敷《やしき》に入

っていた。

屋敷のあるじの名は翔と言い、神宮路家《じんぐうじけ》を継ぐ者だ。

翔は、豊臣秀吉のそばに仕えた神宮路幸親《ゆきちか》という武将の末裔《まつえい》である。

神宮路幸親は、秀吉がこの世を去ったのちも秀頼に仕えていたのだが、石田三成《いしだみつなり》が関ヶ原《せきがはら》の合戦で敗れたあとは、徳川家康《いえやす》に警戒され、大坂城から遠ざけられていた。

覇気《はき》が強かった幸親は、大坂城に返り咲くために画策をしていたのだが、家康の勢いは凄まじく、気付けば、豊臣家は一大名に成り下がり、ついに、大坂の陣で滅んだ。

勝ち目のない戦《いくさ》に加わらなかった幸親は、大坂城には入らず、豊臣が滅ぼされたのちは商人として生きた。武力では徳川に勝てぬので、別の道を選んだのだ。

やがて家康がこの世を去り、商人として力をつけた幸親は、豊臣家の恨みを晴らさんと行動をはじめた。二代将軍秀忠の重臣を襲い、豊臣を裏切った大名どもを襲って震え上がらせたのだが、突然の病《やまい》に倒れてしまい、志半ばでこの世を去った。

血が絶えることなく今日まで続いているのは、幸親を陰ながら支えた女とのあいだに子がいたからだ。

幸親は倒れたが、配下の者が子供と家を守り、商人として力を付けつつ生き延びてきた神宮路家の仮の姿は、両替商だ。その家紋は、秀吉由来の千成瓢簞《せんなりびょうたん》であり、店の名も千成屋と名乗っている。

正体を隠し、商人として莫大《ばくだい》な財力を有している千成屋は、多額の金を貸している大名家も数多くあり、その大名の城下町には必ず出店《でみせ》を置いている。

日本全国に拠点を有していると言っても過言ではなく、北は弘前《ひろさき》、南は鹿児島《かごしま》に店があり、その財力は、現在の幕府を凌《しの》ぐと言っても過言ではない。

その神宮路家を引き継ぐ翔が将軍の首を狙ったのは、曾祖父《そうそふ》の悲願を果たすためではない。翔の本心を知るのは、ほんの一部の人間だけだ。

江戸城に侵入して将軍の首を狙った宗之介は、翔の弟子である。

屋敷に戻った宗之介は、色鮮やかな鯉《こい》が泳ぐ池に架けられた朱塗りの橋を渡って庭に入り、宮中を模して建てられた荘厳な母屋《おもや》の一室にいる翔の元へ向かった。

真っ白な玉砂利《たまじゃり》が敷き詰められた庭を歩んで、黒光りがする広縁《ひろえん》の下で片膝をつく。

座敷《ざしき》では、長い総髪《そうはつ》をひとつに束ね、薄紫の小袖に白い袴を着けた美男子が、南蛮《なんばん》の椅子《いす》に座って葡萄酒《ぶどうしゅ》を楽しんでいる。

宗之介は、その美男子に声をかけた。

「翔様、ただいま戻りました」

宗之介が神妙な顔で声を向けると、翔が葡萄酒を注いだ硝子《ガラス》製の器を持ち、広縁に出てきた。

「長崎《ながさき》から旨《うま》い酒が送られてきた」

宗之介は、差し出された器を両手で受け取り、下がって片膝をつく。そして、葡萄酒を飲む前に、襲撃の失敗を告げた。

「申しわけございません。思わぬ強敵がいたものですから」

翔は怒るでもなく、悔しがるでもなく、むしろ余裕の笑みを浮かべた。

「はなから将軍の首が取れるとは思うていない。お前に行かせたのは、ほんの挨拶《あいさつ》がわりだ。しかし、佐太郎《さたろう》を喪《うしな》ったのは意外だ。江戸城にも、少しは骨のある者が残っていたのだな。お前を退《しりぞ》けたのは何者だ。伊賀組《いがぐみ》か、それとも甲賀《こうが》か」

「それが、侍ではないのです。鷹司松平信平と名乗りました」

「鷹司……」

「狩衣を着けていましたので、公家の鷹司家の者ではないかと」

翔は一月《ひとつき》前まで長崎を拠点に活動をしていたため、ここにいる者は誰も、信平のことを知らないのだ。

翔が言う。

「鷹司家の者が江戸に下向《げこう》したことは耳にしている。松平と名乗るからには、将軍家に縁がある者だろう」

「この先邪魔になるかもしれませんので、捜し出してその者の首を取って来ましょうか」

「よい。長崎まで名が聞こえていないのだから、小物だろう。捨て置け。お前には他にやることがある」

そう言って宗之介を広縁に上げた翔は、部屋に戻り、椅子に腰かけた。背後に立って控えている男に、横顔を向けて言う。

「軍司《ぐんじ》、これで、大名どもはわたしの本気を思い知っただろうな」

「はい」

応じて前に出た壮年の男は、翔の側近、長光《ながみつ》軍司だ。身なりは商家の番頭風だが、太刀を持たせれば達人であり、翔とも互角に相手をする。

その軍司が、翔に言上《ごんじょう》した。

「されど、我らに賛同させるには、より確かな証《あかし》が必要かと。たとえば、幕閣の首を取り、日本橋《にほんばし》あたりに曝《さら》してしまうのはいかがでしょうか」

「曲輪《くるわ》内に屋敷を構える幕閣を始末すれば、我らの本気が伝わるか」

「必ずや、賛同する者が現れます」

「いいだろう。老中の筆頭は誰だ」

「伊豆守の後釜《あとがま》と言われているのは、稲葉美濃守です」

翔はうなずき、宗之介に顔を向けた。

「宗之介、次はしくじるなよ」

「はい」

応じた宗之介は、葡萄酒を一息に飲み干し、音を立てずに器を置いた。そして、翔に頭を下げて部屋を出た。

庭を歩み、裏門へ向かっていると、どこからともなく現れた二人の配下が付き従った。

その二人に宗之介が言う。

「老中稲葉美濃守をやる。奴《やつ》の動きを探れ」

「はは」

屋敷の外に出ると、二人の配下は宗之介から離れて駆け去った。

宗之介は、大胆にも江戸城に押し入った人物とは思えぬほど穏やかな笑みを浮かべて道を歩み、屋敷の近所の者に出会えば、好青年のごとくあいさつをする。

これに騙《だま》された近所の女房たちは、

「いい人が越してきて、よかったねぇ」

などと言い、宗之介を見送るのだ。

町の者が穏やかな目線を向ける塀の中にいる翔は、別室に待たせている客人のことを軍司にまかせて屋敷を出た。駕籠《かご》にも乗らずに一人で町を歩んでいると、宗之介に勝《まさ》る美男子ぶりに、若い娘が足を止めて振り向く。

翔の爽《さわ》やかな表情を見て、内に秘めたる壮大な野望と無慈悲《むじひ》を見抜く者はいない。

「千成屋の若旦那だよ」

町の者は声を潜《ひそ》めて言い、憧《あこが》れの眼差しを向けるのだ。

脇差《わきざし》ひとつ帯びていない翔は、颯爽《さっそう》と町を歩み、大川を渡り、銀座《ぎんざ》近くにある新《しん》両替町《りょうがえちょう》二丁目の千成屋に戻った。

いっぽう、命《めい》を受けて屋敷に残った軍司は、客間へ顔を出した。

「どうも、柏木《かしわぎ》様、お待たせをしました」

軍司が商人の顔で腰を低くして言う相手は、初老の侍だ。

柏木は、備後《びんご》布田《ふだ》藩《はん》十一万石、瀬谷《せや》家《け》の江戸家老だ。

大名家の江戸家老でありながら、ここを訪ねて一刻（約二時間）も待たされている。だが、柏木は怒るどころか、軍司に会えたことを喜んだ。

「番頭殿、先日お願いしたことだが、あるじ殿の返答はいかがでござった」

ろくにあいさつもせず言われた軍司であるが、笑顔を崩さずに、下座に座る。

「お喜びください。十万両お貸しできます」

「おお。まことか、まことでござるか」

「はい。旦那様は、貴藩《きはん》のお国許《くにもと》で起きた河川氾濫《はんらん》の被害の大きさに胸を痛められ、十万両お貸しするばかりでなく、向こう三年の利息を免除するとの仰せでございます」

柏木家老は感動して、袖を目に当てておいおい泣いた。

「こ、これで、藩の危機は救われ、民百姓が餓《う》えずにすみ申す。まことに、なんとお礼を申し上げればよいか」

そう言われて、軍司の柔和な顔が急に険《けわ》しくなった。

「考え違いをされてはいけませぬぞ、柏木様。三年は利息を免除いたしますが、これまでお貸ししている二十万両を合わせて、借財は三十万両にもなります。これをどう返していただくのか、はっきりさせていただかなくてはなりません」

「そ、それはだな。此度の災いが落ち着いたら、必ずお返しいたす」

「三年前に二十万両お貸しする時も、そのようにおっしゃっておりましたな」

「すでに一万両返したではないか」

「それは、利息のみです。元金を返していただかなくては私どもも困りますし、貴藩も、いつまで経《た》っても借財地獄から抜けられませぬぞ」

「言われなくとも分かっておる。しかし今の我が藩の事情では、利息を払うのが精一杯なのだ」

軍司が深くうなずき、同情を寄せた。

「外様《とざま》ゆえに御公儀からあれこれ散財を命じられ、苦労が絶えないとおっしゃりたいのでございましょう」

「そう、そのとおりじゃ。我らは生き残ることに必死なのじゃ」

だが、軍司はこの者の嘘《うそ》を見抜いている。

「では、こうしてはいかがでしょう。国許のたたら場を、千成屋に預けていただけませぬか」

柏木がぎょっとした。

「た、たたら場じゃと。なんのことを申しておる」

「柏木様、千成屋を甘く見てはいけませんよ。国許の山では、良質の鉄が採《と》れましょう。にもかかわらず、何ゆえ大きな商売になさらぬのかと、旦那様が首をかしげておられましたぞ」

公儀も知らぬ隠しごとを千成屋が知っていることに、柏木は固唾《かたず》を呑《の》んだ。

軍司がすかさず言う。

「自分の腹を痛めず、借財をしてのらりくらりと返金をするのは、いかがなものでしょうな」

「違う、そのようなつもりではない。あの山には、瀬谷家代々の墓があるのだ。戦でもない限り、切り開いてはならぬと定められておる」

「徳川様が作られたこの泰平の世に、戦などあろうはずはございますまい。藩の財政が苦しい今こそ、使うべきではないか。と、我があるじが申しておりました」

「では、山を渡さねば金を貸さぬと……」

「いえいえ、お金はお貸しします。手前どもが申していますのは、返金のことでございますから、殿様とじっくりご相談ください。ただ、これだけは申し上げておきますが、千成屋にたたら場をまかせていただけたあかつきには、年二十万両は、稼ぎ出して見せましょう」

「に、二十万両！」

「はい」

「まことか。まことに、それほどの儲《もう》けが出るのか」

「ご存じないとは、意外です」

「実を申すと、たたら場がある山の実態をつかんでおらんのだ。墓所がある山は触《さわ》ってはならぬという決まりゆえ、あてにもしておらなんだ」

「それはもったいないことにございます。財政に苦しむ御家のためになるのなら、ご先祖様も祟られはしますまい。山とたたら場をおまかせいただけましたら、千成屋が必ず、藩の財政を潤《うるお》して見せますぞ」

柏木は考えた。

「よし、分かった。殿にはわしから話してみる。必ず良い返事をいただくゆえ、その時は、お頼み申す」

「かしこまりました。では、本日十万両をお渡ししますので、一筆お願いします」

軍司は証文を出し、柏木の前に差し出した。

柏木が筆を執《と》るあいだに千成屋の者が千両箱を運び出し、荷車に載せていく。

十万両もの大金を受け取った柏木は、長年苦しんできた財政の見通しが立ったことに表情を明るくし、藩士に荷車を引かせて藩邸へ帰っていった。

表に出て見送った軍司は、頭を下げた顔に、たくらみを含んだ薄い笑みを浮かべていたのだが、柏木は、そのことにまったく気付いていない。

三

この日、老中稲葉美濃守は、一日の役目を終えて江戸城をくだり、駿河台《するがだい》にある屋敷への帰途についていた。

城に怪しい輩《やから》が斬り込んだ日から半月も経っていないので、警固の供侍を増やしたままの行列は、老中の威厳を知らしめる、物々しいものである。

稲葉の大名駕籠が神田橋《かんだばし》御門を出て橋を渡り、堀端の道を西に向かいはじめた時には、すっかり日が暮れていた。多忙ゆえに、陽が落ちる前に城を出ることなどほとんどないため、稲葉を守る家臣たちは、夜道を非常に警戒している。

その者が行く手に現れたのは、堀端の辻を曲がり、道の突き当たりに稲葉家の屋敷が見えはじめた時だった。

人通りが絶えた武家屋敷が並ぶ暗い道を、二人の町人が歩んでくる。露払いの者は警戒して行列を止め、先へ進んで声をかけた。

「老中稲葉美濃守の行列である。道を空けて控えよ」

大音声《だいおんじょう》で告げると、天秤棒《てんびんぼう》を担いでいた男は驚いた様子で頭を下げて、右側へ寄り、荷物を置いて地べたに正座し、両手をついて平身低頭した。

竹籠を背負っていた男は慌てて左に寄り、荷物を置いて頬被《ほおかぶ》りを取って平伏する。

これを見て安堵《あんど》した露払いの者が、行列に振り返って腕を振り、大丈夫だと合図をした。

進みはじめた行列が二人の前にさしかかると、

「ははあ」

両名とも額を地面にこすりつけ、尻を浮かせている。

藩士たちが左右に警戒の目を配りつつ、行列が粛々《しゅくしゅく》と進む。

稲葉の大名駕籠が、竹籠を横に置いている男の頭上を過ぎようとした時、男が声をかけた。

「お殿様に申し上げまする」

突然のことに驚いた藩士たちが、刀の柄袋《つかぶくろ》を飛ばして男に歩み寄る。

「無礼者!」

藩士の一人が叱りつけ、無礼討ちにせんと抜刀した。

男は悲鳴をあげて後ずさり、必死に訴えた。

「お許しを。縁起のええ品物が手にへぇりましたので、お殿様にご献上しようと思ったただけでごぜぇやす」

「黙れ！」

藩士が刀の鯉口《こいぐち》を切った。

「ひゃぁ！　怪しい者じゃございやせん。家でかかあと三つになる倅《せがれ》が待っておりやすです。どうか、命ばかりはお助けを。こ、これを、さしあげますので、どうか」

男が震える手で差し出したのは、金色《こんじき》に輝くひょうたんだった。

江戸城でのことを知る藩士たちが驚きの声をあげたので、男が言う。

「ひょうたんは、いかがか」

先ほどまでとは別人のような態度に、藩士が叫ぶ。

「こ奴、ひょうたん剣士だ！」

「おのれ！」

藩士たちが色めき立ち、曲者に斬りかかった。

「えい！」

袈裟懸けに打ち下ろされた一撃を、男は座った姿勢のまま飛びすさってかわし、立ち上がる。そして、不敵な笑みを浮かべた。

「お前らにわしが斬れるものかよ」

挑発すると、懐《ふところ》から刃物を出して下がる。

「逃がすな！」

藩士が抜刀して追った。

「ぐああ！」

駕籠から悲鳴がしたのは、その時だ。

藩士たちが金のひょうたんを出した男に気を取られている隙に、右側に座っていた男が天秤棒の端を飛ばして刃を出し、駕籠に突き入れたのだ。

駕籠の中からの悲鳴に騒然となり、藩士たちが曲者に斬りかかった。

だが、天秤棒の槍《やり》を引き抜いた曲者は応戦して囲みを突破し、夜の闇に紛《まぎ》れて逃げた。

「駕籠を急いで屋敷へ入れろ！」

家老の叫びに応じた藩士たちが、駕籠を守って走り、稲葉家の屋敷に逃げ込んだ。

閉ざされた正門の前には松明《たいまつ》を持った藩士たちが出てきて、厳しい警戒をはじめる。

その者たちの前に現れた宗之介が、藩士たちが刀を抜くよりも先に走り、見る間に六人の手足を斬り、動きを封じた。

修羅《しゅら》のごとき凄まじい剣を遣いながらも、笑ったような表情をしている宗之介の不気味さに腰を抜かした門番たちが、悲鳴をあげて逃げ去った。

刀を鞘に納めた宗之介が手を振って合図をすると、現れた黒装束《くろしょうぞく》の男が、倒れて苦しんでいる家臣を踏んで門前の灯籠《とうろう》に飛び上がり、さらに身軽に跳んで表門の番所櫓の屋根に上がると、門の屋根に飛び、中の様子を探《さぐ》りに侵入した。

中は騒がしく、慌てふためく声がしている。

宗之介は、探りに入った者と落ち合うことになっている場所に行くため、稲葉家の門前から走り去った。

「戸を閉めよ！　屋敷に曲者が忍び込んでおらぬか、くまなく捜せ！」

家老が警戒を強め、藩士たちが探索をはじめた。

屋敷の障子、雨戸はすべて閉ざされ、庭は篝火《かがりび》によって明るくされた。

忍び込んでいた宗之介の配下は、屋根裏に潜もうとしたのだが、

「いたぞ！」

屋根に上がっていた藩士に発見された。

逃げようと屋根を走る曲者に、庭の鉄砲隊が狙いを定めて発砲した。

弾が曲者の足下で弾《はじ》ける。

屋根から屋根に飛び移った曲者は、やむなく屋敷から出て、夜陰《やいん》に隠れて去った。

その後稲葉家は、夜通し厳しい警固が続けられ、翌朝早く、三騎の侍が屋敷を出て江戸城に駆け込んだ。

稲葉襲撃の知らせを受けた阿部豊後守と酒井雅楽頭は、曲輪内の屋敷からすぐさま登城した。

黒書院に急いだ阿部豊後守は、先に到着していた酒井雅楽頭の前に稲葉本人が座っているのを見て、瞠目《どうもく》した。

「稲葉殿、ご無事でござったか」

するると稲葉が、唇に薄い笑みを浮かべて頭を下げた。

「驚かせて申しわけござらぬ。相手は油断ならぬ者ゆえ、直接お会いするまで黙っておりました。このとおり、傷ひとつござらぬ」

そう言った稲葉が、暗い顔をする。

「されど、長年仕えてくれた影武者《かげむしゃ》を喪い申した」

襲撃を受けた時、稲葉は行列の中にはおらず、二名の警固のみで別の道を帰っていたのだ。

「もしやと思い、用心していたのが幸いでござった」

稲葉が言った時、将軍家綱が入ってきた。

「美濃、無事で何よりじゃ」

「はは」

家綱が険しい顔を皆に向ける。

「余に続いて老中を襲うとは由々《ゆゆ》しきことじゃ。これで、何者かが天下を狙《ねろ》うていることがはっきりした。そうは思わぬか」

稲葉が応じる。

「上様のおっしゃるとおりかと。それがしは当分のあいだ死んだことにいたしますので、次に狙われるのは阿部殿か酒井殿と思い、急ぎ登城を願いました」

「うむ。豊後、雅楽頭、くれぐれも気をつけよ」

「はは」

酒井が応じ、阿部が稲葉に訊く。

「襲うたのは、江戸城に侵入した者でござるか」

「家臣の話では、金のひょうたんを持っていたので間違いないと思われるが、賊は少なくとも三人はいたはずにござる」

うなずいた阿部が、酒井に顔を向けて言う。

「油断いたせば、命を落としますぞ」

酒井が応じる。

「警固の者をさらに増やし、襲いくれば成敗して見せますぞ」

稲葉が言う。

「侮《あなど》るなかれ。我が家中きっての遣い手六名が、たった一人によって手足の筋を断ち切られ、中には二度と剣を持てぬ身体《からだ》にされた者がおり申す」

酒井が見る間に顔面を蒼白《そうはく》にした。

「稲葉殿の家中には、我が家臣を凌ぐ遣い手がいたはず。その者が敗《やぶ》れたのですか」

「いかにも」

「どうしたものか。まともにぶつかったのでは、我が家中にひょうたん剣士を倒せる者がおりませぬ」

不安がる酒井に、阿部が言う。

「敵は手足の筋を断ち切って動きを封じる戦法でくる、戦い方を心得た厄介な相手だ。警固の者には、武具を着けさせたほうがよろしい」

「そのようにしますが、襲われる前に、なんとか成敗できぬものでござろうか。腕の立つ者を集めて、討伐隊を編成してはいかがか」

「それは妙案」

稲葉が言い、家綱に顔を向けた。

「上様、信平殿に討伐隊を率いていただくというのはいかがでございましょう」

家綱は返答をせず、阿部を見た。

「豊後、どう思う」

阿部が答える前に、稲葉が言う。

「信平殿は、江戸城内でひょうたん剣士と互角以上に戦い、退けております。あの剣の腕に敵う者は、信平殿の他にはおりますまい。阿部殿、そうは思わぬか」

「ううむ」

阿部は難しい顔をした。

「敗れると言われるか」

稲葉に言われて、阿部は頭を振った。

「そうは申さぬが、どうも襲うた者の背後には、とてつもなく大きな黒幕がいそうな気がしてならぬ。近頃江戸市中では、押し込み強盗や辻斬りが増え、治安が悪うなっておる。町奉行所のみならず、市中見廻組が警戒を強めている時に、狙い定めたように襲撃が起きたのは、偶然とは思えぬ」

「余も同感じゃ」

家綱が言った。

「善衛門が申していたように、曲者がひょうたん剣士に関わる者ならば、徳川の世を終わらせようとたくらむ何者かが仕向けたかもしれぬ」

稲葉が口を挟んだ。

「なればこそ、一刻も早く敵の正体を暴《あば》かねばなりませぬ。一度剣を交えている信平殿ならば、ひょうたん剣士を捕らえることもできましょう。人手が足らぬでしょうから、旗本と御家人から手練《てだれ》の者を選び、信平殿の与力としてはどうでしょうか」

家綱は、阿部と酒井に顔を向ける。

「どう思う。余は美濃の考えが良いと思うが」

「それがしも賛同いたしまする」

酒井が言ったので、阿部は家綱にうなずいた。

家綱が言う。

「では、信平には余が直々《じきじき》に命じる。今日中に登城させよ」

「はは」

応じた阿部が、信平に使いを走らせた。

四

その日のうちに登城した信平は、黒書院で家綱の命令を受けた。

「是非ともそなたに、ひょうたん剣士とその一味を捕らえてもらいたい」

「承知つかまつりました」

快諾《かいだく》する信平に、家綱に代わって阿部が言う。

「背後に黒幕がおるやもしれぬ。必ず、生け捕りにしてくれよ、信平殿」

「はい」

「後日、選《え》りすぐりの者を与力として屋敷に遣わす。この一件が落着するまで使うがよい」

「はは」

「これまで数多《あまた》の悪人を成敗してくれた信平殿に、我らは期待をしておる。頼むぞ」

阿部にうなずいた信平は、家綱に顔を向けて頭を下げた。

「ご期待に添えますよう、励みまする」

家綱がうなずく。

「よろしく頼む」

応じて顔を上げた信平が、黒書院を辞そうとした時、廊下に酒井が現れた。表情は厳しく、慌てた仕草で片膝をついて言う。

「上様、たった今、評 定所《ひょうじょうしょ》から知らせがまいりました。由々しき事態にございます」

「何が起きた」

「大目付《おおめつけ》、本条丹後守道正《ほんじょうたんごのかみみちまさ》殿が、芝口《しばぐち》の屋敷で斬殺されているのが見つかったそうにございます」

「何！」

家綱は愕然《がくぜん》とした。

酒井が言う。

「家臣が朝になって気付いたらしく、昨夜のうちに襲われたものと思われます」

「今は昼過ぎぞ。丹後の家臣は何ゆえ早う知らせなかったのだ」

「賊に当主を殺されるという失態を犯し、御家にお咎めがあるのを恐れて病の届けを出すつもりだったようですが、その前に評定所へ矢文《やぶみ》が撃ち込まれて発覚したようにございます」

「命を奪った者が知らせたと申すか」

「はい。さらには、稲葉殿を討ち取ったという矢文も送られ、評定所は騒然となっておりまする」

「して、美濃は今どこにおるのだ」

「本丸の部屋に控えておられます」

阿部が即座に言上した。

「上様、稲葉殿のことはこのままでよろしいかと」

「うむ。雅楽頭、美濃には城から出ず、隠れておれと申しておけ」

「はは」

酒井は家綱の言葉を伝えに老中の部屋へ下がった。

入れ替わりに現れた小姓が、続報を届けた。

評定所から知らせにきた者によると、倒れていた道正のそばに、金のひょうたんが置かれていたという。

その一報に、阿部が膝を打つ。

「上様、やはり黒幕がおると思われます」

「うむ。これは由々しき事態だ。その者たちは、徳川に戦を仕掛けるつもりではないのか」

心優しく、穏やかな家綱の顔が険しいことに胸を痛めた信平は、願い出た。

「上様、本条家に行くことをお許しくだされ」

「行ってくれるか」

「はい」

「では、今よりそなたを余の名代《みょうだい》といたす。一筆《いっぴつ》したためるゆえ、持って行け」

「はは」

将軍家の名代となれば、抵抗なく本条家に入ることができる。

信平は、家綱から賜った御墨付《おすみつき》を手に黒書院を下がり、控えの間に向かった。

控えの間の前に行くと、廊下に出ていた善衛門が歩み寄ってきた。

「殿、大目付が殺されたというのはまことでござるか」

「うむ。これより大目付殿の屋敷にまいることになった」

「何ゆえ殿が行かれるのです」

「上様から、ひょうたん剣士の一味を捕らえよと命じられた。上様の名代も、仰せつかったぞ」

御墨付を見るや、善衛門が瞠目した。

「まずはおめでとうございまする。これはまさに、大名級の扱いになりますぞ」

そのことにはさして興味がない信平は、善衛門を従えて城をくだり、芝口へ急いだ。

本条家の表門は閉ざされ、門番の姿もなかった。

善衛門が先に行き、脇門をたたいて訪いを入れると、小姓とおぼしき若い家臣が出てきた。

信平が家綱の御墨付を見せると、家臣は丁重に中へ招き入れ、用人と共に、あるじが暗殺された寝所へ案内した。

次の間と奥の間に分かれている寝所は、畳も汚れておらず、殺人があったようには見えなかった。

部屋を見回した善衛門が言った。

「まことに、この部屋で襲われたのか」

すると用人が、涙声で教えた。

「殿は、心の臓を一突きにされておりました。血が少ないのは、細い刃物を突き立てられたままだったからでございます」

「朝まで、誰も気付かなかったのか」

信平が訊くと、用人は悔しそうな顔でうなずいた。

「物音ひとつ、しなかったのです」

信平は、廊下に出て庭を見た。手入れが行き届いている枯山水《かれさんすい》の向こうに雑木の森があり、身を隠せる場所がある。

寝所に戻った信平は、用人に訊く。

「何か盗《と》られておらぬか」

「分かりませぬ。殿の部屋は荒らされた様子はございませんから、盗みが目当てではないかと」

「なるほど。丹後守殿は、一人で眠られていたのか」

「いえ、奥方様と共におられました。別室におられた若君が襲われなかったことが、唯一の救いでございます」

「では、奥方も……」

信平の言葉に、用人がうなずいて両膝をつき、悔し涙に身体を振るわせた。

奥方も丹後守と同じく、心の臓を一突きにされていたという。

「そばに、ひょうたんが置いてあったと聞いたが」

信平が訊くと、用人が配下に命じて持って来させた。

金箔が施されたひょうたんは、信平と剣を交えた者が腰に下げていたのと似ている。

信平は、そのことを用人に教えて訊く。

「襲った者はひょうたん剣士と噂がある者だが、丹後守殿は、それについて何か言うておられなかったか」

「お城に斬り込んだ者がそう呼ばれているのはご存じでしたが、特には何も」

信平は、さらに訊く。

「では、誰かから恨みをこうておられなかったか」

「大目付という役目は、時には大名旗本から恨まれることはあるやもしれませぬ。ですが、殿はできるだけ穏便《おんびん》にすますよう努《つと》めておられました。厳しいお調べをするような事案にも当たっておりませぬので、恨まれるようなことはないかと」

用人が言うことがほんとうならば、本条が襲われたのは、稲葉老中が狙われたのと同じように、将軍家の重臣を狙った犯行だ。となると、次に誰が狙われるか分からぬ。

信平の気持ちを代弁するように、善衛門がため息まじりに言う。

「殿、これは厄介な相手ですな」

「ふむ」

応じた信平は、仏間に案内してもらい、棺桶《かんおけ》に入れて並べられている本条夫婦の霊前で手を合わせた。

廊下に足音がしたので振り向くと、四、五歳の男児が信平をじっと見ていた。

守役《もりやく》の者が信平に頭を下げ、男児を連れて行こうとしたのだが、

「母上のところに行く」

そう言って泣きはじめた。

手の甲で鼻を押さえた用人が、涙声で信平に言う。

「殿が四十の時にやっと授かったお子でございます。跡継ぎができたと喜ばれ、可愛《かわい》がられておられたというのに」

「ご無念でございましょう」

善衛門が言い、霊前に手を合わせた。

用人が、信平にすがるように訴えた。

「御名代様、どうか、我らに殿を殺《あや》めたひょうたん剣士の一味を捜す手伝いをさせてくだされ。このとおりでございます」

「貴殿の名を聞いておこう」

信平が言うと、用人が慌てた。

「申し遅れました。日高十左衛門《ひだかじゆうざえもん》でございます」

神妙に頭を下げる日高に、信平が言う。

「日高殿」

「はは」

「一味を捕らえるのは我らにおまかせあれ。貴殿は、本条家と若君をお守りすることに専念されよ」

願いが叶《かな》わず肩を震わせる日高に、信平が言う。

「丹後守殿のご無念は、この信平が必ず晴らす」

日高が信平の前に正座して頭を下げたので、信平は子供に目を向けた。

「健《すこ》やかに育て」

そう言って頭をなでてやり、屋敷から出た。

日高の見送りを受けて表門から出た時、信平はふと、気配を感じて視線を転じた。

逃げる人影を見るや、追って走る。

辻を曲がる影を追ったのだが、武家屋敷が軒を連ねる通りに人影はなかった。

あとから来た善衛門が、驚いた様子で訊く。

「殿、いかがなされた」

「我らを見ていた者がいたのだが、逃してしまった」

「ひょうたん剣士の一味でしょうか」

「分からぬ」

信平はそう答えて、帰途についた。

屋敷に帰る道すがら、善衛門が信平に言う。

「殿、これは他人《ひと》ごとではございませぬぞ」

「松と福千代《ふくちよ》のことか」

「さよう。殿が上様の名代として一味の探索にのりだしたと知れ渡れば、大目付のように狙われるやもしれませぬ。用人は恨まれることは心当たりがないと言うておりましたが、そもそも大目付とは、幕閣も煙たがる監察役として、その名を日ノ本《ひのもと》中に知られておりまする。ひょうたん剣士一味の正体は分かりませぬが、阿部様と酒井様の前に本条殿が襲われたのは、本条殿が、一味について何かつかんでいたからやもしれませぬぞ」

「口を封じられたと申すか」

「もしもそうであれば、探索をする殿も狙われると思うて備えたほうがよろしいかと」

案ずる善衛門が言わんとすることと、信平の気持ちは同じだった。

「あい分かった」

信平はそう答えると、赤坂《あかさか》の屋敷へ急いだ。

五

屋敷に帰った信平は、休むことなく皆を集めた。

江島佐吉をはじめ、信平の家臣たちが書院の間《ま》に集まり、何ごとだろうかと話をしている。

福千代と奥御殿にいる松姫の姿はないが、頼宣の家臣であった中井春房《なかいはるふさ》が加わり、信平を待っている。

程なく、信平は善衛門と書院の間に入り、今日のことを皆に告げた。

話を聞いて、一同は神妙な顔をした。

将軍の名代を賜ったことは明るい知らせであるが、老中を襲撃し、大目付の命を奪った一味を捕らえる役目は、数多の悪人を成敗してきた信平といえども、容易にすまぬことは間違いない。

一味の正体がつかめていない今、できることは限られている。信平に重くのしかかる役目に、一抹《いちまつ》の不安を感じているのだ。

「世の安寧《あんねい》を揺るがす輩は、必ず捕らえねばならぬ」

家来たちに重々しく告げた信平は、江島佐吉に目を向けた。

「佐吉」

「はは」

「そなたは、酒井雅楽頭様の屋敷を見張り、警固を頼む。大目付を殺すほどの相手だ、稲葉老中が命を落としていると思っている輩は、必ず、残る二人の老中を狙ってくるであろう。頼母と鈴蔵《りんぞう》も、佐吉と共にゆけ」

鈴蔵は快諾したが、頼母は信平に訊いた。

「阿部様の警固はいかがなされますか」

「豊後守様には、麿《まろ》と善衛門が供をいたそう」

「二人だけでよろしゅうございますか。大手門前に屋敷がある酒井様よりも、阿部様のほうが狙われる率が高いと思います」

善衛門が頼母に言った。

「案ずるな、わしがおるのじゃ」

頼母は無視をして、信平に言う。

「ここは分かれず、力をひとつにしたほうがよろしいかと存じます」

善衛門が不服そうな顔をする横で、信平が言う。

「案ずるな。お二人とも、容易《たやす》く討たれたりはせぬ。家臣も大勢おられるゆえ大丈夫だ。我らの目的はただひとつ、襲撃してくる者を捕らえることだ。怪しい輩が見張っておらぬか、目を光らせてもらいたい。人手が足りぬようであれば、下之郷村《しものごうむら》から宮本《みやもと》巌治《がんじ》を呼ぶがよい」

「よろしいのですか」

「ふむ。巌治は今や領地の役人だ。力になってくれよう」

頼母は、巌治と久々に会えると思い、明るい顔をした。

「槍の名手である巌治殿が加われば、百人力。さっそく文を送りまする」

応じた信平が、お初《はつ》に言う。

「磨と共に、豊後守様をお守りいたそう」

「されど、御屋敷が手薄になります」

お初は善衛門と同じく、大目付夫婦が殺されたことを気にしているようだ。

「そのことならば、大丈夫だ」

お初が信平の真意を問おうとした時、福千代が廊下を走って来た。

「これ、福千代」

追って来た松姫が福千代の手を摑《つか》んで引き寄せ、

「父上のお役目の邪魔をしてはいけませんよ」

母親らしく言い聞かせ、信平に笑みを向けた。

「申しわけございませぬ。目を離した隙に、来てしまいました」

「よい」

信平は笑みで言い、福千代の元へ歩んで抱き上げた。途端に福千代が喜んで笑い、

「あっち、あっち」

と言って庭を指差す。

足が達者になったので、外で遊びたいのだ。

守役の善衛門が優しい笑みを福千代に向けて歩み寄り、信平に言う。

「殿、しばし若君と遊ばれませ」

「そうか、では福千代、まいろうか」

にこりと笑う福千代を抱いて下りた信平は、松姫と三人で庭の散策をした。

少し歩んでは、小石を拾って投げる福千代に付き合っていると、松姫が信平に言った。

「このたびは、お難しいお役目なのですか」

信平は、松姫に振り向いた。

松姫が、遠慮がちに言う。

「御老中の警固をなさると、聞こえましたので」

「江戸城に曲者が入ったことに続き、昨夜は御老中が狙われ、大目付が命を落とされた」

松姫が驚いた。

「では、本日のお呼び出しは……」

訊く顔をする松姫に、信平が言う。

「襲った者を捕らえるよう、上様から命じられた」

「さようでございましたか」

案じる松姫に、信平は笑みを見せた。

「一刻も早く捕らえて役目を終える。しばらく忙しくなるが、福千代のことを頼む」

信平がそう言うと、松姫は笑みを浮かべた。

信平は思いをなかなか言い出せないまま、四半刻《しはんとき》（約三十分）ほど福千代と遊び、庭の散策をした。

そんな信平の様子に、松姫のほうから声をかけた。

「何か、悩んでおられますか」

悟られぬようにしていたつもりだったが、松姫の目は誤魔化せなかった。

信平は立ち止まり、松姫に顔を向けた。

「松、そなたに――」

頼みがある、と言おうとした時、すぐそばの雑木林で物音がした。

信平は咄嗟に、松姫と福千代をかばった。

「何奴じゃ」

雑木林に向かって言うと、身の丈ほどに成長していた落葉樹の枝を分けて人が現れた。

「じいじ」

福千代が真っ先に気付いて声をあげる。

後ろを向いて蜘蛛《くも》の巣《す》を払いつつ出てきたのは、紀州権大納言《ごんだいなごん》、徳川頼宣であった。

「父上」

どうしてそのようなところから来るのかと驚く松姫に振り向いた頼宣が、蜘蛛の巣と小枝で汚した顔に笑みを浮かべる。

その不気味さに、福千代がなんともいえぬ笑みを浮かべて見上げている。

「福千代。良い子じゃ、おいで」

頼宣は、両手を差し伸べた福千代を抱き上げて、信平に厳しい顔を向けた。

「婿殿、ひょうたん剣士の一味を捕らえる役目を受けたというのは、まことか」

頼宣の耳に届いていることに、信平は驚いた。

「どうしてそのことを」

「たった今、中井春房が駆け込んで来たのじゃ」

なるほど、と、信平は納得した。

たまたま隣の屋敷に来ていた頼宣は、中井から話を聞いて驚き、こうしてはおれぬと言って、近道をするために庭を横切り、塀を乗り越えて信平に会いに来ようとしていたのだ。

「このような木を植えたのでは、邪魔で仕方ない。すぐに切らせろ」

佐吉が目隠しのために植えた木々を見て、頼宣が不機嫌に言う。暇さえあれば上屋敷を抜けてこちらの屋敷に来ては、月見台に出ている松姫と孫のことを遠眼鏡《とおめがね》で見ていた頼宣は、楽しみを奪われておもしろくないのだ。

「舅殿、屋敷で茶でもいかがですか」

信平が呑気《のんき》な様子で言うので、頼宣は、福千代を抱いて屋敷に向かった。

そんな頼宣の態度に、松姫は一抹の不安を覚えたようだ。

「父上は、何をしに来られたのでしょうか」

「案じてくださっているのだろう」

そう言った信平は、松姫の背中にそっと手を当てて気遣い、共に帰った。

屋敷に入ると、二人きりで話がしたいと頼宣が言うので、信平は人払いをして膝を突き合わせた。

書院の間の上座にいる頼宣が、お初が出した茶を一口飲み、厳しい顔で言う。

「まったく、老中どもには困ったものじゃ。そなた一人に厄介な役目を押し付けおるとは、けしからん。上様とてそうじゃ。ろくに加増もせぬくせに、こき使いよって」

頼宣は家康の息子ゆえに、将軍家に対して遠慮なく大声をあげるのだが、安請け合いをした信平にもっとも怒っている。

「このような役目を、何ゆえ受けたのじゃ。将軍の首を狙い、老中と大目付を暗殺した相手ぞ」

「ここだけの話でございますが、美濃守様は生きておられます」

落命したのは影武者だと教えたが、

「そのようなことはどうでもよい。大目付は殺されたであろう」

頼宣は驚きつつも、そう言った。

「大目付は、影武者ではあるまい」

「はい」

屋敷に行った信平が認めると、頼宣は身を乗り出した。

「奥方も殺されたと言うのは、まことか」

信平は、無言でうなずいた。

一層険しい顔をした頼宣が言う。

「上様の命とはいえ、面倒な役目を受けたものじゃ。婿殿、たかだか二千石そこそこのそなたに、何ができる。探索させる家臣すらろくにおらぬというのに」

「上様が与力を遣わしてくださいます。それまでは、我らのみでできることをいたすつもりでございます」

「この屋敷をどうやって守る気じゃ。松と福千代をどのように守る。江戸城で曲者を退けたそなたが探索をはじめたと知れば、大目付のように狙われるぞ」

「そのことで、お願いに上がろうと思うておりました」

頼る信平に、頼宣が表情をゆるめた。

「わしに頼みとな」

「はい」

「うむ。よう申した。腕の立つ者をよこそう。三十人、いや、五十人ほどでよいか」

願いを聞く前に決める頼宣に、信平は両手をついた。

「人はいりませぬ」

「何？」

「この一件が落着《らくちゃく》するまで、松と福千代をお預かりいただけませぬでしょうか」

信平は、本条夫妻の霊前に手を合わせた時に、そう決めていたのだ。

頼宣は驚いた。

「よいのか？　わしが預かって」

そう言った時には、目尻が下がっている。

信平は頭を下げた。

「此度の相手は、容易ならざる者が暗躍していると思われてなりませぬ。おそらく、この屋敷にも刺客《しかく》をよこしましょう。そうと分かっていて、妻子を置いておくわけにはいきませぬ。お初を除くおなごたちも、松の供としてお預かり願えませぬでしょうか」

頼宣は、鋭い目つきとなった。

「それほどに、手ごわいのか」

「江戸城で剣を交えた相手は、嬉々《きき》とした目をしておりました。剣の腕もさることながら、戦いを楽しんでいるようでございましたので、わたしを倒そうと思えばできたはず」

信平の神妙な顔を見て、頼宣は固唾を吞んだ。

「そなたが死闘の末に倒した、紫女井左京《しめいさきょう》に勝ると申すか」

「相手の本気を見ておりませぬので分かりませぬが、手ごわいことは確かです」

頼宣は、信平の顔をまじまじと見た。

「あい分かった。皆を上屋敷に連れて帰り、守ってやろう」

「おそれいりまする」

頭を下げる信平に、頼宣が厳しい顔で言う。

「婿殿、ひとつ約束をしてくれ」

「わたしにできることとなれば」

頼宣が切り出す。

「このような役目を命じるのは、そなたが強く、これまで数多の事件を解決したこともあるが、二千石級の旗本ゆえに、使い勝手が良いに他ならぬ。いいように顎《あご》で使われぬためにも、一日も早う大名になれ。さすれば、此度のような命令をくだされることもなかろう。妻子を守りたいなら、もっと大物になれ」

覇気の強い頼宣らしい言葉だと、信平は思った。

しかし、二千四百石を賜るまでの道のりを思うと、大名になるなどあり得ぬことだ。

「公家の出であるわたしには、難しいかと」

「何を申す。そなたなら必ずなれる。そういう器なのじゃ、そなたは」

信平は首を横に振った。

「道のりは遠く、険しゅうございます」

「それを乗り越えてこそ、わしが見込んだ男というものじゃ」

頼宣は、信平の手を取った。

「信平、大名になるまで、死んではならぬぞ。よいな」

にぎった手に力を込められて、信平は頼宣を見た。

頼宣が目に力を込めてうなずくので、信平も顎を引いた。

頼宣が手を離し、考える顔で言う。

「ところで、わしが預かることを松は承諾しておるのか」

「いえ、まだ伝えておりませぬ」

「あれは、芯の強い娘じゃ。そなたを残してこの家を出るとは思えぬがの」

「福千代を守るためなら、行ってくれましょう」

「そうか。では、早いうちがよかろう。明日の朝迎えをよこす」

信平は両手をついた。

「舅殿、今からお願いできませぬか」

頼宣が驚いた。

「何を焦る」

「大目付の屋敷を出た時、何者かに見張られていたのです」

「目を付けられておると申すか。こうしてはおれぬ。迎えをよこさねば」

頼宣が慌てて廊下に走り、

「中井、中井はおらぬか」

大声をあげた。

信平はそんな頼宣の背中に向いて言う。

「松と福千代がこの屋敷から出たのを悟られるのはよろしくないかと」

信平に向いた頼宣は、いぶかしそうな顔をしている。

「ではどうするのじゃ」

「庭から、隣の御屋敷にまいりまする」

「うむ。分かった」

そこへ中井が来た。

「お呼びでございますか」

頼宣は中井を上屋敷に走らせ、姫駕籠ではなく、男用の駕籠を二つと、警固の者を揃えて隣の屋敷に連れてくるよう命じた。

信平は奥屋敷《おくやしき》へ渡り、松姫と竹島糸《たけしまいと》に事情を告げた。

「どうしても、行かねばなりませぬか」

松姫は、目に涙を浮かべた。

「ここは危ないのだ。分かってくれ。麿とて、そなたと福千代を行かせたくはない。だが、守りが手薄になる屋敷に残すわけにはいかないのだ。福千代のためにも、聞いてくれぬか」

「いつ戻れるのですか」

「今は分からぬ。だが、天下泰平を揺るがす輩の思うようにはさせぬ。早々に捕らえて、迎えにゆく」

松姫は、信平の目を見た。

「分かりました。また離れ離れになるのは辛《つろ》うございますが、父上の元へまいります」

「すまぬ、松」

松姫は首を横に振り、表情を引き締めた。

「福千代のことは、わたくしが命に代えて守りますので、心置きなく、お役目にお励みくだされ」

「分かった。日が暮れる前に行ってもらいたい。身の周りの物だけを持ち、隣の屋敷へまいろう。糸、支度を頼む」

「かしこまりました」

応じた糸が侍女たちに命じて、支度を急いだ。

そして、庭から隣の屋敷へ移動した松姫は、迎えの駕籠に福千代を抱いて乗った。

信平は、駕籠に乗る頼宣の前で片膝をつき、頭を下げた。

「舅殿、よろしくお願いします」

「まかせておけ。松と福千代には、指一本触れさせせぬ。それより、妻子を泣かせるでないぞ。助けがいれば遠慮のう申せ。よいな」

「はは」

「赤坂御門内は目と鼻の先じゃ。暇を作り、忍んでまいれ」

信平が応じて頭を下げると、頼宣は出立《しゅったつ》を命じた。

行列が粛々と進む。

信平は、松姫と福千代が乗る駕籠に表門の近くまで付き添い、外には出ずに見送った。

行列の中には、竹島糸をはじめ、信平の屋敷で奉公していたおなごたちがいる。佐吉の妻国代《くによ》も、信平の頼みを聞き入れ、松姫と共に屋敷を出た。

六

信平が妻子と女たちを屋敷から逃がした日の夜、新両替町の千成屋にいる神宮路翔の元に、側近の軍司が戻ってきた。

「翔様、大目付を襲った者が、例の物を手に入れました」

家伝の宝刀、骨斬藤四郎《ほねきりとうしろう》の短刀を眺めていた翔は、黒鞘に納めて顔を向けた。

「おもしろいことが書かれているか」

「はい」

軍司は、本条から奪った書き物を差し出した。

翔は一枚ずつめくって目を通した。諸国の大名を調べた大目付の仕事ぶりがうかがえる。

「さすがはわたしの耳に届く人物だけのことはある。よく調べられているではないか」

御家に秘密を抱えた大名が多いことに、翔はほくそ笑む。

「これに記している藩を潰《つぶ》してゆけば、世の中に浪人が溢《あふ》れるな」

「徳川への不満が積もるほど、我らに有利でございます」

「ここに書かれていることが、他の大目付に知られていると思うか」

「いえ。本条は大名を改易《かいえき》にすれば、世の中に浪人が増えることを懸念していたらしく、調べたことを表には出していないようです」

「それは好都合」

翔は、書き物をめくる手を止めた。

軍司がいぶかしそうな顔で訊く。

「いかがなされましたか」

「これを見る限り、紀州の徳川頼宣は、将軍の座をあきらめていないようだ」

「されど、幕府転覆《てんぷく》を画策して失敗した由比正雪《ゆいしょうせつ》との関わりを疑われて以来、大人しくしています」

「だが、本条は監視をやめていなかった。公儀は未《いま》だに、油断しておらぬということだ」

「動くとは思えませぬが」

「武力では、天下取りに動かぬであろう。奴は家康の血を受け継ぐ者だ。確実に将軍の座を奪える時が来るまで、爪《つめ》を砥《と》ぎながら気長に待つ気かもしれぬ」

「その前に、寿命が尽きるかと」

「徳川幕府の寿命がな」

ほくそ笑む翔に、軍司が言う。

「そういえば、江戸城で宗之介の邪魔をした信平が、将軍直々に我らを捕らえるように命じられ、名代に抜擢《ばってき》されたそうです。さっそく本条家を訪ね、嗅ぎ回っていたとの知らせが入りました」

「ほう、将軍の名代とは、なかなかではないか」

「いかがいたしますか」

「信平のことは別の者にまかせる。お前は、次の仕事に移れ」

「かしこまりました」

軍司が頭を下げて去ると、翔は書き物を置いて立ち上がり、広縁に出た。

程なく、足下に黒い影が控える。

「聞いていたか」

「はい」

「信平を調べろ。我らにとって害があるようなら、この世から消せ」

「承知」

応じた黒い影は、音もなく去った。

美しい顔を夜空に向けた翔は、赤い三日月を見つめた。胸のうちで何を思うのか、眼光は鋭くも、悲しみをにじませている。

第二話　改易の危機

一

曲輪内の役屋敷から登城する老中阿部豊後守の警固をしていた信平は、内桜田《うちさくらだ》御門を潜り、下乗御門まで送ったところで、城内に出入りする者に目を光らせていた。

狩衣姿の信平に対し、共にいる善衛門は、鉢巻《はちま》きと襷《たすき》をかけたいで立ちである。

ひょうたん剣士とその一味を捕らえんと気合が入っている善衛門であるが、時間が経つにつれて、肩の力が抜けていき、昼を過ぎた頃には口が開き、背腰も曲がり気味になった。

信平が、日陰で一休みしようと言って誘うと、善衛門は、やれやれといった様子で土塀の日陰に入り、頬を流れる汗を拭いながら言う。

「殿、今日で一月《ひとつき》になりますが、怪しい輩は現れませぬな。悪事をあきらめたのならば、それはそれでよいのですが、このままでは、大目付を斬殺した下手人《げしゅにん》を見つける手がかりを得られませぬな」

うだるような暑さの中で空を見上げた善衛門は、顔をしかめている。

今信平にできることは、ひょうたん剣士とその一味が現れるのを待つことのみ。

襲撃された日から江戸城に籠もっていた稲葉美濃守は、

「いつまでもこうしてはおれぬ」

駿河台の上屋敷へ帰ると言い、今日の夕方、城を出ることになっている。

事実上老中首座となっている稲葉が生きていたと分かれば、ひょうたん剣士の一味はふたたび命を狙うであろう。

将軍家綱と、阿部、酒井雅楽頭らは、稲葉の身を案じて止めたのだが、行列ではなく、お忍びで行き来すると言って聞かぬ。

賊を恐れて死んだふりをするばかりか、城に引き籠もっていたのでは世間の笑い物になるとも言った稲葉は、皆の心配をよそに、夕暮れ時に僅《わず》か三名の供侍を連れて大手門を出た。

信平が警固に付こうとしたのだが、

「かえって目立つ」

稲葉は断り、帰宅する役人たちに紛《まぎ》れて帰った。

誰にも気付かれないと思っていた稲葉であるが、その日のうちに、敵に知られた。

神宮路翔は、稲葉の影武者を疑っており、襲撃をした日から探らせていたのだ。

次なる襲撃のために、公儀の様子をうかがっていた翔は、側近の軍司から稲葉の存命を聞き、驚きもせずに言う。

「やはり、生きていたか」

長い総髪をひとつに束ねた色白の美しい顔は、銀座周辺の町娘のあいだで評判になりつつあるのだが、稲葉が生きていることを知った翔の目は鋭く、冷酷が宿っている。

「では、こうしてやろう」

そう言った翔は、軍司のそばに歩み寄り、耳元で告げた。

「そのようにいたします」

軍司が表情を変えずに応じ、翔の前から去った。

稲葉の家臣から信平に知らせが届いたのは、数日後のことだった。

稲葉が屋敷に帰るにあたり、信平は稲葉の家老に会い、周囲の警固と監視を強めるように頼んでいた。

応じた家老が、配下の者に命じて町人に化けさせ、屋敷の周囲を監視させていたところ、怪しい輩に見張られていることが分かった。

配下の者は、あるじを狙う一味の正体を突き止めるべく行動を探ったのだが、相手に気付かれ、逃げられてしまったという。

屋敷を見張られていたことで、大目付のような暗殺を恐れた家老は屋敷内の守りを固めたうえで、将軍から役目を命じられていた信平に知らせてきたのだ。

見張りが付いていたことで、敵が稲葉の死を疑っていたのを知った信平は、ふたたび襲撃されると確信した。

「同じ手は通用せぬ」

善衛門にそう言った信平は、行列の大名駕籠に乗らず、僅かな供を連れて登城する稲葉の身を案じて、警固をすると決めた。

家老の使者から、稲葉が明朝に登城することを知らされた信平は、阿部の警固をお初にまかせて、酒井雅楽頭に付いていた佐吉たちを呼び寄せ、稲葉の警固に集中することにした。

「亡き伊豆守様の後継者といわれている美濃守様を死なせてはならぬ」

信平は、佐吉たちの気を引き締めた。そして、翌早朝に赤坂の屋敷を出かけ、駿河台に向かった。

だが、敵は稲葉の前には現れなかった。信平は、出し抜かれたのだ。

信平が、僅かな供を連れて屋敷を出た稲葉の警固に付いた頃、翔が差し向けた刺客たちは、大手門前にいた。

「狙うは、酒井雅楽頭の首。者ども、ぬかるな」

紋付き羽織《はおり》と袴を着けた男が命じると、草履《ぞうり》取り、槍持ち、挟箱《はさみばこ》持ちとして従っている配下が応じる。この者たちの姿は、登城する役人の一行にしか見えぬ。

そこへ、登城する酒井の行列がやってきた。

他の役人たちが、老中である酒井の行列に頭を下げ、妨げにならぬよう遠慮して道を空けている。大手門に渡る橋の前にいた曲者どももそれに倣《なら》い、道を譲って頭を下げ、酒井の行列を待った。

酒井家の露払いが警戒をして、警固の家臣たちも、油断なくあたりに目を配っている。その中の一人が、曲者の一行に目を留めた。行列から離れて歩み寄り、草履取りに声をかける。

「草履取りにふさわしくない刀を持っておるが、貴様何者だ」

「………」

答えぬ草履取りを警戒した家臣が、刀の柄袋を飛ばし、鯉口を切る。

「答えぬか！」

怒鳴った、その時、槍持ちが、持っていた槍を振るった。

刀を抜く前に頭を打たれた家臣が払い飛ばされて倒れたのを見て、酒井の行列が騒然となった。

「曲者だ！」

「殿をお守りしろ！」

家臣たちが叫び、酒井の駕籠を守って大手門に走る。

槍、刀をもって襲撃を開始した曲者どもは、家臣たちを斬り倒して駕籠を追い、橋を渡ろうとしていた陸尺《ろくしゃく》を斬り倒した。

地面に落とされた駕籠から這《は》い出た酒井の目の前に、白刃《はくじん》が突きつけられる。

「お命頂戴つかまつる」

曲者が言ったが、酒井は脇差を抜いて払い、立ち上がろうとしたものの、別の曲者の一撃を受け止め、駕籠を背に尻餅をついた。

脇差で必死に刀を受け止める酒井に対し、紋付き羽織と袴姿の曲者が、無言で力を込める。押された酒井の肩に、曲者の刃が当たった。

「くっ、おのれ」

激痛に顔を歪《ゆが》める酒井の着物に血がにじむ。

曲者が酒井の腕を掴んで刀を抜き、胸に突き入れんとした。

「死ね！」

叫んだ曲者の首を矢が貫いたのは、その時だった。

呻《うめ》き声をあげて堀に落ちる曲者。

矢は、大手門から出てきた弓組の者が射たものだった。

その者の腕は凄まじく、次々と矢を放ち、家臣たちを襲っていた曲者を確実に倒していく。

「殺すな！　捕らえよ！」

弓組の頭《かしら》が命じる声を聞いた曲者どもが、形勢不利と悟って身を引き、放たれた矢を斬り飛ばしつつ下がった。

「逃がすな！　追え！」

酒井の叫びに応じて、家臣が走る。

その行く手を塞《ふさ》ぐように、一人の若者が現れた。腰に金のひょうたんを下げた宗之介だ。

家臣たちが目を見張る。

「ひ、ひょうたん剣士」

「へぇ、そう呼ばれているのですか」

腰のひょうたんを触って宗之介が言い、薄笑いを浮かべた。

「なんだか、妙ちくりんな呼び名だなぁ。まあいいですけど」

宗之介は言うや、前に走る。抜刀して構えた相手の手首を抜く手も見せずに切断し、別の家臣の膝を斬り割って進み、酒井に迫った。

宗之介の凄まじさを恐れた酒井は、側近に守られながら大手門に逃げ込む。

橋の手前で立ち止まった宗之介は、ずらりと並ぶ鉄砲隊を睨《にら》んだ。それは一瞬のことで、表情を和《やわ》らげて言う。

「鉄砲とは、困りましたね」

刀を肩に置いて余裕の宗之介に、

「放て！」

鉄砲組頭が叫ぶや、十挺《ちょう》の鉄砲が一斉に火を噴いた。

それより一瞬早く宗之介は後ろに飛び、酒井が乗り捨てた駕籠に身を隠して弾をよけた。

駕籠を貫通した弾が、宗之介の着物をかすめる。

「おお、危ない」

宗之介が苦笑いで言い、顔を出す。すると、別の鉄砲隊が構えようとしていた。

「仕方ない、出なおしますか」

あっさりあきらめた宗之介は、着物の袂《たもと》から出した黒い玉を手の平で転がし、ひょいと投げた。

橋の手前に転がった玉が弾け、黄ばんだ色の煙が噴き上がる。

視界を失った鉄砲隊に動揺がはしり、煙の中で射撃の轟音《ごうおん》がした。

弾が大名駕籠をハチの巣にしたが、宗之介はそこにはいない。

「もうひとつ」

そう言って玉を投げた宗之介は、あたりが煙に包まれるのを待って走り、視界が悪い中、目の前に現れる侍たちを斬り倒して逃げた。

江戸城大手門前は、宗之介によってまたもや騒然となり、登城していた役人たちは、巻き添えを嫌って逃げる者が続出し、侍とは思えぬ醜態をさらしている。

そんな中、大番所に運び込まれて傷の手当てを受けていた酒井は、激痛に顔を歪めつつ、命を落とした重臣のことを思い、己を襲った曲者を恨んだ。

身を案じて近づく役人たちを大番所から遠ざけ、

「信平は何をしておるのだ！」

苛立《いらだ》ちの声をあげた。

将軍に捕縛《ほばく》を命じられながらも、役目を果たせぬ信平のことも恨んだ酒井は、傷の手当てを終えると本丸に上がって、将軍家綱に拝謁《はいえつ》を求めた。

騒ぎを知っていた家綱が酒井の前に現れ、晒《さらし》に血をにじませ、青白い顔でいる酒井に驚いた。

「雅楽頭、傷は大事《だいじ》ないのか」

「はい。このような姿で申しわけございませぬが、どうしても上様に申し上げたく、参上つかまつりました」

「聞こう」

膝を突き合わせて座る家綱に、酒井は頭を下げて言う。

「上様、ただちに信平殿の役目を解き、改易に処されませ。このような目に遭《あ》わされたのは、あの者が役目をおろそかにしているからにございます。あの者さえ役目を果たしておれば、幕府老中たるそれがしが、大手門前で襲われることなどございませなんだ。どうか、あの者を改易に」

怒りと恨みに打ち震える酒井に、家綱は諭《さと》すように言う。

「信平を逆恨みしてはならぬ」

「逆恨みではございませぬ。此度のことは、お役目をおろそかにしたあの者のせいでございます」

「どうしても信平を咎めろと申すなら、曲者をまんまと逃がしたそのほうも同罪ぞ」

思わぬ言葉に目を見張る酒井に、家綱が言う。

「信平は、役目をおろそかにするような男ではない。それは、そのほうもよう知っておろう」

「………」

酒井は不服だったが、深い息をして気持ちを落ち着かせてみれば、家綱の言うことに違いはない。

信平を改易にできぬなら、恨み節のひとつでもぶつけねば気がすまないと思った酒井は、傷を治せと言う家綱の前から辞し、屋敷に帰った。

そしてその日のうちに、信平を呼びつけたのだ。

酒井が襲われたことを信平が知ったのは、稲葉と共に江戸城に入った時だった。

大手門内の大番所の役人から襲撃のことを教えられると同時に、酒井からの呼び出しを告げられた信平は、善衛門たちと共に屋敷へ向かった。

一人だけで寝所に通された信平は、肩の傷によって熱が出ている酒井を見舞い、気遣ったのだが、酒井は信平の言葉を撥ね返し、怒りに満ちた顔で言う。

「いつまでも一味を捕らえぬ貴殿のせいじゃ。そうは思わぬか」

「申しわけございませぬ」

信平は素直に頭を下げた。酒井の言うとおりだからだ。

「本来なら、改易に処されても文句は言えまい。そうであろう」

「……はい」

「貴殿は上様に気に入られておるゆえ、此度はまぬがれた。だが、また誰かが襲われるような事態となれば、必ず罰を与える。そのことを肝《きも》に銘《めい》じておくがよい」

「はは」

動じず、冷静に頭を下げる信平を酒井が睨む。

慌てふためき、冷や汗を浮かべて平伏すれば酒井の気持ちも幾分か和らぐのであろうが、信平は、己の保身のために媚《こび》を売る男ではない。

酒井を襲う曲者のたくらみを見抜けなかった己を責め、いかなる罰もあまんじて受けるつもりでいるのだ。

そんな信平の心中を知ってか知らでか、酒井は脅した。

「一味は稲葉殿を襲い、わしを襲うた。次は阿部殿を狙うに違いない。信平殿、一味のたくらみを暴き、根絶やしにするためにも、必ず捕らえよ。失敗は許されぬぞ」

「心得ました」

「傷がうずく。もうよい、下がられよ」

不機嫌極まりない酒井に、信平は訊いた。

「ひとつだけ、お尋ねしたきことがございまする」

「なんじゃ」

「曲者は、金のひょうたんを帯びておりましたか」

考える顔をした酒井がうなずく。

「腰に下げておったと聞いている。わしを襲うたのは、間違いなくひょうたん剣士とその一味じゃ」

剣を交えた宗之介の姿を頭に浮かべた信平が、酒井に頭を下げる。

「次こそは、必ず捕らえまする」

そう約束をして、寝所をあとにした。

控えの間に行くと、善衛門が身を乗り出すようにして訊く。

「殿、いかがでござった」

「ふむ」

信平が、酒井から言われたことを教えた。

善衛門は、酒井の八つ当たりだと憤慨《ふんがい》したが、信平はそうは思わない。

「このままでは、また誰かが命を落とされる。なんとしても、ひょうたん剣士とその一味を捕らえねばならぬ。雅楽頭様は、次は豊後守様が狙われるとおっしゃった。善衛門、どう思う」

善衛門が腕組みをした。

「確かに、御老中の中では豊後守様だけが襲われておりませぬな。しかし、果たしてそうでしょうか。美濃守様が生きておられると知れば、ふたたび襲うような気もしますな」

頼母が口を挟んだ。

「雅楽頭様とて生きておられるのですから、また狙われると思うていたほうがよろしいのでは」

信平は善衛門に訊く。

「一味の狙いは、何であろうな」

「江戸城を襲い、老中、大目付の命を狙うのは、かつてのひょうたん剣士がそうであったように、豊臣を滅ぼした徳川への恨みを晴らそうとしているとしか思えませぬ。老中の命を奪って世を乱したのちは、豊臣を裏切った大名を狙うのではないかと」

「このままでは、戦になる。なんとしても、それだけは阻止したい」

信平の願いに、善衛門がうなずいて言う。

「一味を捕らえるには、我らだけでは人が少なすぎます。与力と配下の者を一日も早く遣わしていただくよう、それがしから上様にお頼みします」

城へ戻るという善衛門と酒井家の門前で別れた信平は、佐吉たちと手分けをして、曲輪内の見廻りをした。老中だけでなく、幕閣の屋敷を探る輩がいないか、気になったのだ。

二

大手門前で酒井が襲撃されて負傷したことは、その日のうちに広まってしまった。

口うるさい譜代《ふだい》大名たちは、江戸城の顔ともいうべき大手門で老中が襲われて怪我《けが》をするなど、日ノ本中の大名に示しがつかぬと言って酒井を罵《のの》った。

また、旗本の中でも血の気が多い連中は、

「我らが上様をお守りいたす！」

こう叫び、戦支度をして駆け付けた。

その数は、数千人にもなったのだが、知らせを受けた神宮路翔は、少ないと言い、余裕の笑みを浮かべた。

「聞いたか宗之介」

宗之介は、申しわけないという顔で頭をかいた。

「老中を殺していればもっと大事《おおごと》になっていたのでしょうが、鉄砲を向けられては、さすがのわたしも逃げるしかないですよ。ねえ、軍司さん」

軍司は、自分に振るなという顔を宗之介に向け、翔に言う。

「腰抜けの旗本どもは、ひょうたん剣士を恐れているのでしょう」

かばいだてされて、宗之介は首をすくめた。

翔は、まあいい、と言って鼻で笑い、二人に言う。

「旗本八万騎は、家康の時代のことだ。家綱はさぞ、肩を落としているだろう」

軍司がうなずいた。

「老中の首は取れずとも、徳川の力が分かったのですから、宗之介に襲撃させた甲斐《かい》がございました」

「譜代の大名どもが動けば数は増えようが、曲輪内を攻めるのは一旦止めだ。あとは、ゆっくりと力を削《そ》ぎ落としてやろう」

「かしこまりました。では、次の手を打ちましょう」

「宗之介、次は手を抜かずにやれ、亮才《りようさい》のようにな」

「ああ！　大目付をやったのは、やはり亮才さんでしたか」

目を見張る宗之介は、庭に顔を向けた。

「さすがは亮才さんだ。狙った獲物は逃しませんね」

そこに亮才がいるように話しかける宗之介に、軍司が不思議そうな顔を向けて訊く。

「宗之介、庭に亮才がいるのか」

「やだなぁ。先ほどからそこにいるじゃないですか」

宗之介が広縁に出て庭を指差す。すると、手入れが行き届いた庭木の茂みから染み出るように、黒装束を纏《まと》った男が現れたので、軍司が不機嫌に言う。

「いつもいつも、まともな現れ方をしない男だ。玄関から入ってこられないのかね」

「まあまあ、そう言わずに」

宗之介が軍司をなだめる。

険しい顔つきの三十路《みそじ》男が黙って歩み寄り、気配を見抜いた宗之介に軽く頭を下げると、広縁の下で片膝をついた。

翔が広縁に出て、亮才に顔を向ける。

「信平のことは分かったのか」

「傷を負った酒井が、信平の役目を解いて改易にしようとしましたが、ならなかったようです」

「将軍に気に入られているという話は、ほんとうのようだな」

「はい。ですが、次はないようです。老中が死ねば、信平は改易に処されるかと」

「老中を殺して日本橋に首をさらせば信平の首も飛ぶのであろうが、そこまでする価値はなさそうだな」

「今のところは」

「では、お前は軍司の指示に従え」

「はは」

翔が軍司に顔を向ける。

「軍司、次の仕事に移れ。抜かりなくやり、必ず我らの手中《しゅちゅう》に収めよ」

「おまかせください」

軍司は頭を下げ、亮才と共に去った。

宗之介が、笑みを向けて言う。

「翔様、わたしは何をすればいいですか」

「お前には、公儀の目を市中に向けてもらう」

翔は宗之介を近づけて、耳元でささやいた。

命じられた内容に、宗之介がうなずく。

「それはおもしろそうだ。役人に大恥をかかせるのですね」

「そういうことだ。うまくやれ」

「まかせてください」

まるで、これから遊びに行くような笑顔で応じた宗之介は、朱塗りの鞘の刀を腰に帯びて、新両替町の千成屋から出かけた。

三

数日後──

信平は、出張《でば》ってきた旗本の連中が城の守りを固めたことにより役目を解かれてしまい、赤坂の屋敷へ戻っていた。

酒井雅楽頭などは、

「やはり、頼りになるのは三河《みかわ》以来の直参《じきさん》旗本たちですぞ」

などと家綱に言い、自ら選出した三人の旗本をひょうたん剣士討伐の役目に就《つ》かせ、信平を罷免《ひめん》させたのだ。

家綱が従わざるを得なかったのは、三人の旗本が江戸城周辺の警固をするようになった途端に、老中の屋敷を見張る者が姿を消し、何ごとも起きなくなったことによる。

新たに任命された旗本は、五千石の下田豊前守勝明《しもだぶぜんのかみかつあき》を筆頭に、千八百石の神尾佐兵衛《かみおさひょうえ》、千石の美濃部弾正《みのべだんじょう》だ。

この三名は、酒井が襲撃されて傷を負ったと知るや、旗本衆を束ねて曲輪内の警戒を強めたのだ。

「これは戦じゃ！」

と叫び、甲冑《かっちゅう》を纏って馳《は》せ参《さん》じた者たちである。

武芸に秀《ひい》でた三名は、共に手を携《たずさ》えて江戸城大手門前に陣取り、遅れて集まった旗本衆を束ねて曲輪内の警戒を強めたのだ。

その勇ましさに心強くなった酒井が、信平の行動の遅さに苛立ちをあらわにし、

「所詮《しょせん》は公家よ。武家の本気には敵うはずもない」

そう言って嘲笑《ちょうしょう》した。

さらに酒井は、信平が松姫と福千代を頼宣に預けているのを知り、

「腰抜けめ」

と揶揄《やゆ》し、改易がだめなら、減封《げんぽう》をするべきだと訴えた。

信平の領地である上野国多胡郡岩神村《こうずけのくにたごごおりいわかみむら》千四百石を召し上げ、神尾と美濃部に分け与えようとしている。

信平を無能呼ばわりした酒井は、稲葉と共に家綱に言上したが、これまでの功績を考慮すべきだと訴えた阿部の擁護《ようご》もあり、改易と減封は免れた。

酒井は、その代わりに将軍名代という肩書を信平から奪い、城から遠ざけたのである。

「なんだか、昔に戻ったようで寂しいな」

遠慮なく居間に上がり込み、廊下に首を伸ばして閑散とした屋敷の様子を見て言うのは五味正三《ごみしようぞう》だ。

信平が役目を解かれて赤坂の屋敷に戻ったと聞いて、さっそくやって来たのだ。

不機嫌極まりない善衛門が、呑気に言う五味の前に行き、噛み付かんばかりの勢いで言う。

「口に出して言うな。よけいに気分が落ち込むであろうが!」

「しかしご隠居――」

「隠居ではない!」

「これは失礼」

と、改まった五味が、黙って座っている信平に首を伸ばして言う。

「役目を解かれたのならば、松姫様と福千代君を呼び戻せばよいのではござらぬか。お二人の姿と笑い声がない屋敷は、どうも殺風景で、落ち着きませんし」

信平を見る五味の視界を怒りに満ちた顔で塞いだ善衛門が、口をむにむにとやって言う。

「おぬしに言われなくとも分かっておるわい。一番寂しいのは殿ぞ」

「でしたら、迎えに行けばよいのでは」

「殿は行かれて、つい先ほど戻られたばかりじゃ。姫と若君は、紀州様に攫《さら》われたも同じなのじゃ！」

「えっ！」

絶句する五味の横手に座ったお初が、荒々しく湯飲みを置く。

五味がびっくりして見ると、お初が睨んだ。

(よけいなことを訊くな)

口には出さぬが、お初はそういう顔をしている。

何がなんだか分からない五味は、ごくりと固唾を呑み込み、信平の前に這って行った。

「まさか、此度のことで紀州様に離縁を迫られているのですか？」

信平は驚き、首を横に振った。

五味が訊く。

「攫われたも同然とは尋常ではないですぞ。何があったのか、それがしにも教えてくれませんか」

信平は、ふっと笑みを浮かべた。

「これで良いのだ」

五味は不思議そうな顔をした。

「妻子を攫われて、良いわけないでしょう」

「攫われたのではない。当分のあいだ預かると、舅殿は言われたのだ」

善衛門が口を挟んだ。

「攫われたも同じでござる」

五味が訊く顔を向けると、善衛門が答える。

「頼宣侯は、殿が役目を解かれたことを責められはしなかったものの、ひょうたん剣士を捕らえられなかったのを理由に、姫と若君を引き続き預かると申されたのじゃ。お役御免《ごめん》となった殿が、命を狙われることはない。にもかかわらず戻されぬのは、姫と孫可愛さに、手元へ置かれたいだけじゃ」

「福千代君は可愛い盛りですからな。紀州様が手放したくないのも分かる気がするなぁ」

五味が呑気に言うので、信平は真顔で言う。

「そうではないのだ」

「ええ？」

「これも、舅殿の気遣いに他ならぬ」

五味が眉間《みけん》に皺《しわ》を寄せた。

「というと？」

「舅殿は、役目を解かれても、磨がひょうたん剣士を追うと思われている」

すると、善衛門とお初が信平を見た。

「まことでござるか」

訊く善衛門に、信平が答える。

「舅殿は、返さぬとおっしゃったのではない。松と福千代のことは預かっておくゆえ、何も案ずるなとおっしゃったのだ」

「御隠居、早とちりもいいとこじゃないですか」

呆れて言う五味をちらりと見た善衛門が、不服そうな顔で言う。

「殿、嘘はいけませぬぞ嘘は。迎えに行ったにもかかわらず、姫と若君に会えぬまま帰らされたではござらぬか」

「そうなのですか、信平殿」

五味に訊かれて、信平は答えなかった。

信平を見ていた五味が、何かを察したようにうなずいた。

「まあ、信平殿がそう言うのだから、そうなのでしょう。御隠居、守役は当分暇ですな」

「うるさい！」

善衛門が怒鳴り、信平に膝を進める。

「殿、このままではいけませぬ。姫と若君を取り戻しに行きましょうぞ」

「その前に、やることがあるのだ」

信平の言葉に、善衛門ははっとした。

「まさか、ほんとうにひょうたん剣士を捕らえるつもりでござるか」

信平は告げる。

「今はなりを潜めているが、このまま終わるとは思えぬ。何かをたくらんでいるとは思わぬか」

「出張ってきた旗本を恐れているとは、それがしも思えませぬが、さりとて、殿は罷免されたのですぞ。殿を無能呼ばわりして退けた酒井老中がどうなろうと、知ったことではござるまい」

「本気で言うているのか、善衛門」

信平に問われて、善衛門は口を引き結び、そっぽを向いた。

「上様も上様じゃ」

聞こえぬ声で不服を言う善衛門を一瞥したお初が、信平に言う。

「佐吉殿と頼母殿の姿が見えないのは、そういうことですか」

信平がうなずく。

五味がお初に顔を向ける。

「どういうこと？」

お初は目を伏せ気味に苛立ちの息を吐き、五味に教えた。

「決まっているでしょう。一味の探索をしているのです」

「ははぁ、そういうこと。まあ、元々役目があろうがなかろうが、悪を許さぬのが信平殿だ。将軍の名代がどれほど立派なものかは知らないが、いや、立派か。まあい い、とにかく、大それた役名がないほうが悪党に警戒されないだろうから、動きやすくなったのでは？」

信平が、この日初めて笑みを見せた。

「下之郷の領地からも力強い家来が駆け付けることになっている。ひょうたん剣士一味の好きにはさせぬ」

五味が人差し指で鼻がしらを軽く弾き上げ、信平に言う。

「飄々《ひょうひょう》としていますが、相変わらずこころは熱いですな。よし、それがしも手伝いますぞ。奉行所にも近いことだし、金のひょうたんを下げた奴を片っ端からしょっ引いてやります」

「信平様と互角に戦う相手ですよ」

お初に言われて、五味の勢いが急速に衰えた。

「それを先に言ってくれないと。ではこうしよう。金のひょうたん男を見かけたら、隠れ家を突き止めて信平殿に知らせる。そういうことで、よろしいか」

うかがう顔を向ける五味に、信平はうむと答えた。

善衛門が口を挟む。

「近頃は市中も物騒なのであろう。無理をするな」

「いいんですよ。月番は南町ですから、書類の仕事で肩がこるばかりでした。お奉行にお許しをいただいて、手伝いますよ」

「すまぬが、よろしく頼む」

信平に、五味が笑顔で応じる。

「では、また」

五味はそう言って帰ろうとしたのだが、門番の八平《やへい》が庭に走ってきた。

「五味様に急ぎの御用があると申されて、奉行所の役人が表に来られています」

「ここまで来るとは何ごとだろうな」

不思議がる五味に、善衛門が言う。

「何か大きな事件が起きたのではないか」

「先ほども言いましたように、月番は南町ですから出る幕はありませんよ」

そう言いつつも表に急ぐ五味のことが気になり、信平はあとを追った。

五味が表門から出ると、息を切らせて汗だくになっていた奉行所の小役人が駆け寄った。

「お奉行からお呼び出しです」

「何かあったのか」

訊く五味に、小役人は深刻な顔で告げる。

「盗賊の予告があったらしく、先ほど南町から、応援の願いが来たそうです」

「南町が助けを乞うとは、珍しいことがあるもんだ」

五味は雨が降るぞと言って、空を見上げた。

釣られて空を見た小役人が、真夏の日差しがきつくて目を細める。

「なんでも、一件や二件の話じゃないそうです」

そう教えた小役人が、門から出た信平に気付いて驚き、その場に座って頭を下げた。

「よいから立ちなさい」

信平が言い、五味と小役人を門の中に入れて訊く。

「予告には、何件と記されていたのだ」

「二十件だそうです」

信平は、五味と顔を見合わせた。

五味が小役人に言う。

「怪しいな。悪戯《いたずら》ではないのか」

「お奉行は、そうは思われてらっしゃらないようです。近頃は物騒ですから、動かぬわけにはいかぬとおっしゃり、皆様方を集めるよう命じられました」

「仕方ないな。よし分かった」

五味は信平に手を合わせた。

「そういうわけで、手伝えそうもありません」

「よい。民のためにも、励んでくれ」

うなずいた五味は、小役人と共に奉行所へ急いだ。

表で見送った信平は一旦屋敷に入り、宝刀狐丸を手にすると、善衛門と共にひょうたん剣士の探索に向かった。

四

江戸中を不安にさせる事件が起きたのは、奉行に呼び戻された五味が、盗賊が押し入ると予告された赤坂の大店《おおだな》を警戒していた夜のことだ。

南町奉行所の者たちが見張っていた本郷竹町《ほんごうたけちょう》の金物問屋に近い石川屋《いしかわや》という薬種問屋に、黒装束の集団が押し入った。

その手並みは鮮やかとしか言いようがなく、高枕で眠っていたあるじ夫婦が目をさました時には、鼻先に白刃を突き付けられ、住み込みの奉公人たちは、ことごとく縛り上げられていた。

「い、命ばかりは、どうか」

あるじは震える手を合わせて懇願《こんがん》し、寝る時も首から下げていた金蔵の鍵を差し出した。

ところが、賊は受け取らない。

「お前たちの命も金も取らぬが、家を血で汚す。威張ってばかりでろくに仕事をせぬ町方《まちかた》の役人に、天誅《てんちゅう》をくだすのだ。見ておれ」

そう言って夫婦の口を塞いで手足を縛り上げ、廊下の柱にくくりつけた。

「手荒いことするなぁ」

恐怖に満ちた顔をしているあるじ夫婦を見て言うのは、宗之介だ。

宗之介はあるじ夫婦の前に座り、目を細めて穏やかな顔をした。

「少しの辛抱《しんぼう》ですよ。怪我をするといけないので、ここで大人しくしていてください」

宗之介に応じて、あるじが何度も顎を引く。

立ち上がった宗之介は、奉公人たちを金蔵に閉じ込めさせた。

金蔵に積まれた千両箱を見て、宗之介が言う。

「やはり、商人のほうが裕福ですね。一万石の大名より金を持っている」

配下の一人が千両箱を開けて、帯を巻かれた二十五両を取り出した。

「一応盗賊ですから、金を一文もいただかないのはどうかと」

「だめですよ。ほんとうの盗《ぬす》っ人《と》になってしまう」

宗之介は配下の手から小判を奪い、千両箱に戻した。

不思議そうな顔をしている奉公人たちに微笑《ほほえ》んだ宗之介は、金蔵の外に出ると、指示を待っていた別の配下に指図した。

するると、黒装束を脱ぎ捨てて岡《おか》っ引《ぴ》きの姿になった配下の者が、店の外へ出た。

奉行所の連中が潜んでいるところへ走って行き、同心に告げる。

「旦那、やられました！」

十手《じって》を持っている宗之介の配下を見て、岡っ引きと信じた同心が問う。

「どうした」

「たった今、黒装束の賊が石川屋にへえって行きやした。途端に悲鳴が」

「なんだと！」

「騙されたんですよ。賊の狙いは石川屋です。お急ぎください！」

「くそ、やられた」

信じた同心は、隠れている与力の元に走り、石川屋に賊が押し入ったと告げた。

怒った与力が手勢を連れて石川屋に急行し、表と裏を押さえた。

「ふざけやがって」

「一人も逃がすな。行け！」

大音声で命じるや、伝令が裏に走る。

小役人が裏木戸を打ち破り、同心たちと捕り方がなだれ込む。

中にいた賊を見つけ、

「南町奉行所だ。神妙にせい！」

同心が叫んだ刹那《せつな》、猛然と迫った宗之介によって足を斬られた。

「ぎゃぁああ！」

深手を負わされて倒れる同心を見て、役人たちが息を呑む。

「おのれ！」

同輩が叫び、抜刀して挑みかかったが、刀を弾き飛ばされ、手首を切断された。

呻き声をあげる同心の体を摑んで下がった捕り方たちは、化け物を見る目を宗之介に向けて怯《おび》えている。

表から入った与力が、部屋で待ち構えていた一味の者に斬られ、これも足に深手を負って倒れた。

あとに続いていた捕り方たちが応戦したが、宗之介の配下たちと乱戦の末に、ことごとく手足に傷を負わされ、家中が血で汚れた。

宗之介が、倒れて呻いている役人たちを楽しげな顔で見回し、与力に言う。

「町方はそんな程度ですか。情けないなぁ。付け届けばかり求めるくせに、こんなことでは、民を守れませんよ」

「何を言うか！」

額に脂汗《あぶらあせ》を浮かせている与力が、悔しげに叫ぶ。

だが、宗之介の配下に足の傷口を踏まれて、無様《ぶざま》な悲鳴をあげた。

同心が呼子《よぶこ》を出して、助けを呼ぶために吹いた。

だが、予告のあった家々に散っている役人たちの耳には届かぬのか、応じる呼子の音がしない。

余裕の笑みを浮かべた宗之介が、配下に目顔で指図をした。すると、配下が呼子を吹いた同心に歩み寄り、躊躇《ためら》うことなく首を刎ねた。

縛りつけられていたあるじの女房が、恐怖の声をあげて気絶した。

女房を気遣うあるじは、がたがたと震えている。

絶句する与力に、宗之介が言う。

「ここはまだいいほうですよ。わたしは人殺しがあまり好きではないですからね。でも、他の店に行ったお仲間は大変だ。生きていればいいけどなぁ」

顔を引きつらせる与力の鼻先に座り、宗之介が声音《こわね》を低くして言う。

「震えていますね。命が惜しければ、侍を辞めて刀を捨てることです。次にお会いするようなことがあれば、殺します」

宗之介の顔から笑みが消えた。

「これは脅しではないので、そのつもりで」

与力は言葉も出ない。

宗之介は、怯え切っている与力に冷笑を浮かべて立ち上がると、配下と共に去った。

時を同じくして、五味は赤坂の大店に押し入った賊どもを前に、額に汗を浮かせている。

黒装束の賊どもは、店の者を殺してはいなかった。

五味たちが庭に入ると、店の者を座敷の奥にやり、抜刀して下りてきた。

相手は五人。

五味のほうは、与力一名と同心一名、捕り方が十五名もいるのだが、凄まじい剣気を放つ異様な賊に、誰も動けなくなっている。

与力の出田《いでた》が、

「神妙にしろ！」

十手を刀に持ち替えて言ったが、相手には通用しない。

何も言わず、じりじりと迫る賊に気圧《けお》され、出田が下がった。

出田さんが斬られる——

そう思った五味は、咄嗟に捕り方から六尺棒を奪い、勇ましく回転させて構えた。

剣術と十手術はからきしだめだが、棒を持つと人が変わる五味は、青かった顔を真っ赤にして、賊と対峙《たいじ》する。

「悪党め、かかって来い！」

勇ましい五味に、賊が斬りかかった。

五味は賊の一刀を払い、

「やあ！」

気合をかけて棒を振り、賊の頭を打つ。

そして休まず前に出るや、応戦した賊の刀を打ち落とし、腹を突く。

残る三人が一斉に斬りかかってきたが、五味は棒を回転させて遠のけ、

「むん！　やあ！　はぁい！」

賊の腹を突き、肩を打ち、顔を打ち払い、三人を見事に倒した。

五味の棒術を目の当《ま》たりにした出田が、

「やるではないか」

勝利を喜び、

「それ、ひっ捕らえい！」

大声で捕り方に命じた。

久々に手柄を上げて上機嫌となった出田が、座敷に上がって店の者たちの縄を切ってやり、

「北町奉行所与力の出田である。命が助かって良かったな。うん、良かった、良かった」

恩着せがましく言うので、五味は呆れた。

「あっ！　おい！」

捕り方が大声をあげたので五味が振り向くと、縄を打たれていた賊の一人が、口から血を吐いて倒れた。

「舌を嚙み切ったぞ！　皆に猿ぐつわを嚙ませろ！」

五味が叫び、捕り方たちが生き残っている賊に猿ぐつわを嚙ませた。

出田が駆け下り、

「死なせてはならんぞ。このまま大番所へ連れて行く」

賊どもを立たせたのだが、一人、また一人と血を吐いて倒れ、一人残らず絶命してしまった。

「いったい、何がどうなっているのだ」

動揺する出田に、五味が言う。

「毒に違いないでしょうが、一応、医者に見せましょう」

「よし分かった。とにかく、大番所まで戻ろう」

出田は捕り方に荷車を探してこさせ、死んでしまった賊どもを運ばせた。

北町奉行所の近くにある大番所に戻ってみると、役人たちは忙しく走り回っていた。

五味は、予告があった他の店でも同じようなことが起きたのかと思ったのだが、とんでもないことになっていた。

宗之介に生かされた南町奉行所の連中は運が良かったとしかいいようがなく、他の店に出張った与力や同心たちは、北も南も、大勢の犠牲を出し、そのあげく、一人も捕らえられていないありさまだった。

奉行所の係となっている町医者は皆、怪我人の治療に奔走《ほんそう》し、死んだ賊を診《み》させる余裕などない。

ようやく落ち着いたのは、翌日の夕方だった。

大番所に呼んだ医者の見立てでは、五味が思ったとおり、賊どもは舌を嚙み切ったのではなく、毒で命を絶っていた。

賊を縛り上げた捕り方の一人が、骸《むくろ》の持ち物を調べて丸薬を見つけていたので、五味はそれを医者に見せた。

「これを飲んだに違いない」

そう言うと、玉を眺めていた医者が首を振る。

「なるほど。捕まった時のために、何粒か持っていたようですな」

「どういうことだ」

驚いた出田が問うと、医者は渋い顔で玉を見せた。

「溶けかかっているのが分かりますか。何でできているのか分かりませぬが、口に含むと飴玉《あめだま》のようにゆっくり溶けるようになっているのでしょう」

医者はそう言って、湯飲みに玉を置き、湯をかけた。すると、溶けた玉の中から黄色く濁った粒が出てきて、すぐに溶けてなくなった。

「おそらく最後に出てきた粒が、舐《な》めただけで死に至る猛毒ですな。不覚をとって捕らえられた時のために、あらかじめ口に含まされていたか、あるいは己の意志で含んでいたか。いずれにせよ、尋常《じんじょう》ではございませぬ」

　医者に応じて、出田が言う。

「五味に倒された時に慌てておらなかったので、はなから死を覚悟していたに違いない。まったく、恐ろしい連中だ」

　五味は、腕組みをして考えた。

「どうも分かりませんな。押し入った賊どもは、どの店でも金も取らずに去っています。いったい、何が狙いだったのでしょうか」

　すると、出田が言う。

「我らの命ではないだろうか。そうとしか思えぬ」

　出田の予感は当たっていた。

　大番所に北町奉行の使いが来たので帰ると、待ち構えていた奉行の村越長門守《むらこしながとのかみ》が、

「一大事じゃ」

　顔に焦りの色を浮かべ、五味と出田を部屋に招いた。

　村越は、信平の友人である五味を頼って言う。

「このたびのことで、奉行所の面目は丸潰れじゃ。わしは城で、稲葉様から大目玉を

食らってしもうた。このままでは、お役御免どころか、改易に処される。五味、信平様の力をお借りして、早々に解決してくれぬか。皆が傷を負ってしまった今、頼れるのはそちと信平様だけじゃ」

五味は不満をこぼす口調で答える。

「そうおっしゃいましてもですね、信平殿はそれどころじゃありません。ひょうたん剣士のせいで御老中から無能呼ばわりされて、改易にされかけたのですから」

村越は驚いた。

「そうなのか」

「はい。今頃は、頼まれてもいないのにひょうたん剣士を追ってらっしゃるはずです。改易にしようとした御老中の命を守るためにね。人が好《よ》いにもほどがありますが、それが信平殿ですから」

村越はいささか安堵したようだ。

「それは丁度良い。南町が駆け付けた石川屋を襲うたのは、ひょうたん剣士だ」

「なんですって！」

五味は目を丸くした。

村越が言う。

「間違いない。腰に金のひょうたんを下げた若い男が、次に顔を見たら殺すと脅して、命は取らなかったそうだ。剣の腕が凄まじく、捕り方たちは手も足も出なかったらしい」

「信平殿と互角に戦う男ですから、無理もないでしょう」

五味はそう言って、立ち上がった。

その五味を見上げて村越が言う。

「予告があったにもかかわらず残念なことになり、市中では、奉行所を揶揄する声が高まりつつある。同心と小役人も大勢怪我をして人手不足だ。このままでは、日ノ本中から悪党が集まって来る恐れがある。なんとしても、信平殿と共に一味を捕らえてくれ」

「分かりました。その代わりお奉行、信平殿を無能呼ばわりする御老中を黙らせてください」

「わしがか」

「他に誰がいるのですか。頼みますよ」

「よ、よし、分かった。見事捕らえたなら、力になろう」

「捕らえてしまえば、黙っていても御老中は口を閉ざしますよ」

「何、今なんと申した」

「独り言です」

五味はそう返し、驚いた顔を向ける出田に頭を下げ、信平の元へ走った。

五

「というわけで、晴れて信平殿の手伝いをすることとなりました。それがしは、今日からここへ寝泊まりさせてもらいますぞ」

五味がそう言って赤坂の屋敷に来たのは、夜のことだ。

一日中曲輪内の警固をしていた信平は、予告してきた盗賊がひょうたん剣士の一味だったと知り、驚きを隠せない。

「殿、一味の狙いは何でしょうか」

善衛門が訊くが、信平は答えず、考えをめぐらせた。

頼母が言う。

「わざわざ予告をしたというのが気に入りませぬ。まるで、町方を引き付けるためにしたようです」

信平は言う。

「商人から金を奪っていないとなると、それが狙いやもしれぬ。一味は、捕らえに来た町方を打ちのめし、恥をかかせようとしたのではないか。老中を襲うたのも、天下に力を見せつけるためと見た」

善衛門が難しい顔をする。

「これも、豊臣の恨みを晴らすためにしているに違いござらぬ。けしからん連中じゃ」

信平は首をかしげる。

「はたしてそうだろうか。麿は、他にたくらみがあるように思えてならぬ」

「それは、徳川の天下を狙っているということでござるか」

善衛門の問いに、信平は答える。

「これまでの悪行が、公儀の目を江戸に引き付けるためのものと考えれば、真に目を向けるべきは、諸大名やもしれぬ。ひょうたん剣士一味の裏に潜む巨悪がいて、こうしているあいだにも諸大名に触手《しょくしゅ》を伸ばし、天下騒乱の支度をしているとすれば、由々しきことではないだろうか」

信平の推測に、皆押し黙った。

お初が信平に顔を向け、

「今のお言葉、豊後守様にお伝えします」

そう言うと、頭を下げて出ていった。

鼻の下を伸ばし気味にお初を目で追っていた五味が、善衛門に睨まれて空咳《からせき》をし、
信平に向いて言う。

「まずはひょうたん剣士を捕らえるべきだと思いますが、これからどう動くおつもりで」

信平は考えた。一味の狙いが将軍と老中だけではないので、的《まと》をしぼりにくい。

信平の心中を察したように、佐吉が言う。

「奉行所には、他に予告は届いていないのですか」

五味がかぶりを振る。

「聞いていないので、ないはずだが、一応確かめてみる」

すると、頼母が言う。

「次に狙うのは何か。それが分かれば、先回りできるかもしれませぬ」

信平がうなずくと、善衛門が腕組みをしてこぼした。

「将軍、老中、町方とくれば、次は何か」

これには頼母が即答した。

「町方よりも厳しく犯罪を取り締まる、番方《ばんかた》ではないでしょうか」

「市中見廻組か」

善衛門が言い、信平に顔を向けた。口を開く前に、頼母が信平に言う。

「江戸庶民の前で役人に恥をかかせるために町方を誘《おび》き寄せたのなら、十分あり得ます」

先を越されて、善衛門が口をむにむにとやって立ち上がる。

「それがしも、今それを言おうとしておりました。殿、市中見廻組に気をつけるよう言うてやります」

そう言って出かけた善衛門であるが、気付くのが遅かった。

この日の白昼に、市中の見廻りをしていた組の者たち十数名が、神田の町中で曲者に襲撃され、庶民の目の前で斬殺されていたのだ。

善衛門が訪ねたのは、古い友人である木村正左衛門《きむらしょうざえもん》という旗本で、かつては、江戸城の警固を担う大番組頭を務めた人物だ。今は隠居の身であり、息子の正和《まさかず》が、市中見廻組の組頭を拝命したばかりだったので、訪ねてみたのだ。

番町《ばんちょう》の屋敷に行くと、何やら騒がしい。

家の者がしきりに出入りしていたので、

「何かあったな」

胸騒ぎがした善衛門は足を速め、顔見知りの門番に声をかけた。

すると、善衛門を見た門番が、見る間に目を潤ませるではないか。

「正左衛門に何かあったのか」

不安に駆られて訊くと、門番が首を横に振る。

「どうぞ、中へ」

何も言わずに通すので、善衛門は門を潜り、玄関へ行った。

すると、知らせを受けた正左衛門が現れ、悔しげな顔で善衛門の腕を摑み、膝から崩れ落ちた。

声を殺して泣く正左衛門の腕を摑み返した善衛門が問う。

「おい、何があったのだ」

「倅が、殺されたのじゃ」

やっと出た言葉は、思いもしないものだった。

市中見廻組の組頭を拝命して間がない息子の正和は、町奉行所の連中が賊にしてやられた一報を聞くや、

「今こそ我らの力を見せてくれる」

と張り切り、配下の者に命じて探索に乗り出した。

正義感の塊《かたまり》のような正和は、悪人を決して許さぬ男で、気性も荒かった。怪しいと睨んだ者がいれば、幼子がいようが容赦《ようしゃ》なく家に踏み込んで厳しい調べをして回り、町の者が身を縮めて恐れた。

その最中に、正和たちの前に曲者が現れたのだ。

「生き残った者の話では、一刀も浴びせられずに斬られたそうじゃ」

腕に覚えのある正和と配下十数名が、一方的に敗れたのである。

さらに、このあとがいけなかった。

正和に手荒なことをされていた町の者たちから、

「ざまぁみやがれ！」

という声があがったのだ。

その様子を聞いて、善衛門は厳しい顔をした。

「まるで、市中見廻組が悪者ではないか」

正左衛門が言う。

「倅には、町の者にはあまり厳しくするなと言うていたのだが、抑えられなかったのであろう。賊どもはまるで、市中見廻組の厳しい調べから解放するかのごとく現れたのじゃ」


「なんたることじゃ」

善衛門は、言葉を失った。

市中見廻組が手荒な調べをするのは、正和にはじまったことではない。

憎むべきは悪事を働くひょうたん剣士の一味なのだが、市中見廻組のやり方に不満を抱いていた者たちの中には、庶民に危害を加えぬひょうたん剣士の一味を称賛《しょうさん》する者もいる。

「役人こそ悪だ」

「そうだ！　裏で悪いことばかりしてやがるくせに偉そうだ」

役人に対する疑いと憎悪が噴出する形で声が大きくなっていき、江戸市中には不穏な空気が漂いはじめたのだ。

「奴らの狙いは、そこだったのかもしれぬ」

たった一人の息子を殺された正左衛門が、悔しさをにじませて言う。

「だが、市中見廻組とて黙ってはおらぬ。倅の死を知った方々が、剣術が優れた者を集めて新たな組を作り、市中の見廻りをすることが決まった。むろんこれは、ひょうたん剣士一味を誘き出すための策じゃ。出てくれば、一網打尽《いちもうだじん》よ」

「その話は、もう決まったのか」

「さよう。集まり次第動くそうじゃ」

善衛門は、正和の霊前で手を合わせ、正左衛門に告げた。

「信平様が、息子の無念を晴らしてくださる」

「信平様じゃと」

「さよう」

善衛門は、一人になってしまった正左衛門に死ぬなと言いおいて、赤坂に帰った。

戻った善衛門から話を聞いた信平は、市中見廻組の行動を案じた。

「それでは、一味の思う壺じゃ」

将軍家直臣《じきしん》の中でも武術に優れた市中見廻組の猛者《もさ》たちが敗れるようなことになれば、世の中に与える衝撃は計りしれない。

民の目の前で木村正和を襲ったのは、公儀に対する挑発。

そう思った信平は、狐丸をにぎり、屋敷を出た。

六

「よいか、構えて油断するな。怪しい者が近づけば容赦なく斬れ」

鼻息も荒く命じるのは、新たに選出された二十二人の剣士を束ねる檜山武兵衛《ひやまぶへえ》という壮年の男だ。

熱血漢の武兵衛は、後輩として可愛がっていた木村正和を殺されて怒り、復讐《ふくしゅう》に燃えている。ゆえに、剣士が集まるや番町の屋敷を出て、見廻りをはじめた。

剣の腕は、今の市中見廻組の中では右に出る者なしと言われている男だけに、身体には鋼《はがね》のごときたくましい肉の筋を纏い、身の丈も、他の者より頭ひとつ出ている。

家伝の太刀を帯びた武兵衛は、血走った目をぎょろぎょろと動かし、町を歩んだ。

すると、前を歩いていた同心が、急に立ち止まった。

「お頭、あれを」

同心が指差す先では、人だかりができていた。場所は日本橋の北詰めだ。

大勢の町人たちが集まってがやがや見ているのは、どうやら高札《こうさつ》のようだ。

怪しんだ武兵衛が、

「見てこい」

と言って同心を走らせた。

「市中見廻組だ。何ごとか」

声をかけた同心が人をかき分けて行き、姿が見えなくなったその刹那、

「おのれ！」

同心の怒号がした。

同時に、人々から声があがった。

「斬り合いだ。斬り合いがはじまるぞ！」

人々が広がると、輪の中に派手な着流し姿の浪人者が現れ、武兵衛が走らせた同心が刀の柄に手をかけて対峙しているではないか。

「や！　ひょうたん剣士！」

咄嗟に武兵衛は叫び、野次馬をどかせて走った。

「貴様、ひょうたん剣士か！」

叫んで刀の柄に手をかけた武兵衛に苦笑いを向けるのは、宗之介ではない。

浪人者が言う。

「ひょうたん剣士？　誰のことだ？」

武兵衛は浪人者の腰を見た。金のひょうたんを下げていない。

「貴様、何者だ。ひょうたん剣士の手下か」

「ひょうたんひょうたんとうるさい奴だ。おれはな、野蛮で偉そうな市中見廻組を、民に代わって成敗する者だ」

武兵衛の顔色が変わった。浪人者に、恨みを込めた目を向ける。

「おのれか、木村を斬ったのは」

「名など知らぬが、民を痛めつけていた役人を成敗したのはこのおれだ」

同心が声を荒らげて訊く。

「名を名乗れ！」

浪人は答えず、顔から笑みが消えた。

「お前偉そうだな。へどが出る」

浪人はそう言うと唾を吐き捨て、刀の鯉口を切った。

対峙していた同心が、

「おのれ！」

大音声と共に抜刀して斬りかかった。

しかし、浪人はそれよりも早く動き、刀を振り下ろす同心の腹を抜刀術で斬り払った。

呻き声をあげて倒れた同心を見て、女たちから悲鳴があがり、野次馬は下がった。

一瞬の出来事に愕然としていた武兵衛が、刀を抜いて構えた。

剣士たちもそれに倣い、一斉に抜刀して浪人者を取り囲む。

すると浪人者が、不敵な顔で言う。

「いかにも市中見廻組らしいな。たった一人を寄ってたかって斬ろうというのか。まあいいが、ひとつ教えてやろう。油断は禁物だぞ」

浪人が笑みを見せて言った刹那、剣士の一人が背中を斬られて悲鳴をあげた。

剣士たちが驚きの目を向けると、黒装束を纏った曲者が襲いかかり、たちまち五人が斬殺された。

それでも武兵衛たちは応戦し、乱戦となった。

身の危険を感じた野次馬たちは、さらに下がり、遠くから見ている。

市中見廻組側も腕に覚えのある者が集まっているだけに、曲者を何人か斬り倒したのだが、浪人者の凄まじい剣によって一人、また一人と倒され、気付けば五人しか残っていない。

武兵衛たちは、浪人者と十余名の配下を相手に苦戦を強《し》いられ、河岸に追い詰められた。

「民の前で恥をかくがいい」

浪人者が言い、襲いかかろうとしたその刹那、空気を切って飛んできた物に気付いて打ち落とす。

地面に突き刺さったのは、金箔の装飾が美しい小柄《こづか》だ。

邪魔者に顔を向けた浪人者が、狩衣姿の信平に目を見張る。

「貴様は――」

宗之介の配下である浪人者が声を発した刹那、信平が前に出る。

浪人者を守って信平に向かった黒装束の配下が刀を振るったが、信平にはかすりもせず、手首を切断された。

信平の凄まじき剣に絶句する浪人者と配下たち。

野次馬たちからは、

「あれは、信平様だ」

「そうだ、そうに違いない！」

という声があがり、騒がしくなった。

市中見廻組が襲われるのを傍観していた野次馬たちの様子が変わり、信平を応援する声があがりはじめた。

舌打ちをした浪人者が険しい顔で刀を構え、配下に命じる。

「市中見廻組はあと回しだ。こいつから殺せ」

応じた黒装束の曲者が、信平に迫った。

信平は引かず、前に出る。

市中見廻組を追い詰めたほどの相手をものともせず、信平は狐丸を振るい、瞬く間に三人を倒した。

狐丸を真横に伸ばして涼しい顔でいる信平の姿は華麗《かれい》で、優雅ささえ漂わせているが、曲者どもの足を止めた。

このままでは捕らえられると思った浪人者が、刀を引き、後ずさる。

「やれ！」

配下に命じるや、信平の前で煙玉が炸裂《さくれつ》した。

一瞬だが、浪人者がほくそ笑むのが分かった信平は、

「毒だ」

皆に告げて息を止め、飛びすさった。

逃げ遅れた市中見廻組の者が煙を吸ってしまい、喉をかきむしり、苦しみもがいて

倒れた。

死に至る毒ではないらしく、倒れた者は目と喉の痛みを訴え、のたうち回って苦しんでいる。

煙の向こうで浪人と曲者どもが逃げるのが見えたが、新たに投げられた玉の煙に遮《さえぎ》られて追うことができない。

「おのれ！」

武兵衛が悔しがり、苛立った。袖で顔を覆《おお》って煙の中に入ろうとしたのを、信平が止めた。

「離してくだされ！」

抗《あらが》う武兵衛に、信平が言う。

「麿の手の者が追っている。怪我人の手当てを」

傷を負い、苦しんでいる者たちに目を向けた武兵衛は、刀を鞘に納め、信平に頭を下げた。

「危ないところを救っていただき、かたじけない。この礼は、後日必ず」

「無用じゃ」

穏やかな顔でそう言って立ち去ろうとした信平に、武兵衛が言う。

「松平信平様とお見受けいたしますが」

信平がうなずくと、武兵衛は神妙な顔で居住まいを正し、頭を下げた。そして言う。

「拙者、番町に暮らす檜山武兵衛にござる。逃げた者どもが向かった先が分かりましたら、是非ともお教え願えませぬか。殺された者たちの無念を、この手で晴らしたいのです」

悔し涙を浮かべて頼む武兵衛の心中を察した信平は、

「あい分かった」

と、応じて、その場を離れた。

だが、逃げた者どもを追っていた鈴蔵は、信平が相手にしようとしている連中の厳しさを目の当たりにしていた。

煙玉を使って逃げた浪人者たちは、逃げきったと思い込み、走るのをやめて大川の方角へ向かっていた。

黒装束を纏っていた連中は、人目のない場所に入り、早変わりで町人の姿になると、別々の道へと散って行った。

鈴蔵は、浪人者に的を絞って尾行を続けていたのだが、腰に金のひょうたんを下げた宗之介がつと姿を現し、行く手を遮った。

突然ぶつけられた凄まじい殺気に応じて、鈴蔵は無意識に飛びすさった。その鼻先を、抜刀した宗之介の切っ先がかすめる。一瞬でも遅れていたら、首を斬り飛ばされていたに違いない。

猛然と迫る宗之介に命を取られると思った鈴蔵は、躊躇いなく岸から飛び、堀川に逃げた。

水に潜《もぐ》ってその場を離れた鈴蔵が顔を出した時、こちらを見ている宗之介が笑っているように思え、身震いをした。

岸から離れる宗之介の跡をつけねばと思う鈴蔵であったが、堀川から上がった時には姿が見えなくなっていた。

鈴蔵は、宗之介の表情を思い出し、また身震いをしてこぼす。

「とんでもない野郎だ。殿は大丈夫だろうか」

七

宗之介から市中見廻組襲撃失敗を聞かされた翔は、葡萄酒の入った器を丸卓に置き、椅子から腰を上げて広縁に出た。

深川にある屋敷の広大な庭には白鷺《しろさぎ》がいて、池のほとりでじっとしている。大きな鯉は狙わずとも、餌《えさ》になるものを探しているのだろう。

庭を眺めながら考えをめぐらせていた翔は、部屋に戻り、椅子に座って葡萄酒の器を持つと、軍司に顔を向けた。

「信平は、役目を解かれたのではないのか」

「そのはずなのですが、のちの調べで分かったことがございます」

軍司は、信平がこれまで多くの悪人を成敗してきたことを教えた。

黙っている翔に、軍司が言う。

「長崎まではその名は聞こえていませんが、信平という男は、少々厄介な者のようです」

顔色ひとつ変えずに聞いていた翔が、余裕の笑みを浮かべて言う。

「なるほど。だが、それを聞いて楽しみが増えた。少しは骨のある者がいなければ、おもしろみがないというものだ」

軍司が険しい顔を向けて言う。

「これ以上邪魔をされては困ります。今のうちに始末したほうがよろしいかと」

「わたしが行って殺してきましょうか」

宗之介が言ったが、翔は首を横に振る。

「お前が斬らねばならぬ相手は、信平ではない。分かっておろう」

「永井三十郎《ながいさんじゅうろう》、ですね」

「奴は信平よりも邪魔だ。まだ見つからないのか」

「中山道《なかせんどう》を江戸に向かったのは分かっているのですが、どの網にもかかっていないので、江戸に入っているか分かりませんよ。奴が来る前に、信平を斬らせてください。あの人の剣術は、型にはまった道場の剣ではないので、腕慣らしには丁度いいんですよ」

「だめだ。永井が現れるまでは大人しくしていろ。いいな」

翔に命じられて、宗之介は不服そうな顔をした。

「つまらないなぁ」

「宗之介、わたしの言うことが聞けないのか」

翔に言われて、宗之介は首をすくめた。

「分かりましたから、怖い目で見ないでくださいよ。暇つぶしに、酒でも飲みに行ってきます」

そう言って出ていった宗之介を一瞥した翔が、軍司に訊く。

「町方の役人どもを斬った店は、どうなっている」

「人が死にましたから、ほとんどの者が店を売りたがっております」

「思惑どおりに、ことが運んでいるようだな」

「はい。近いうちに、決行できましょう」

ゆっくりと葡萄酒を飲んだ翔が、ほくそ笑む。

「豊臣の復讐がはじまれば、将軍や譜代大名どもは焦るだろうな」

「御意《ぎょい》」

「豊臣を裏切った大名家の者どもは、どう思うであろうか」

「生きた心地がせぬかと」

「奴らを江戸から追い出してやる。支度にかかれ」

「かしこまりました」

軍司が下がると、翔は器に葡萄酒を注いだ。

器を持ち、血のように赤い葡萄酒を眺めながら、薄い笑みを浮かべて言う。

「侍の世は、わたしが終わらせてやる。亮才、例の仕事をやれ」

「承知」

庭から亮才の声がして去り、植木が僅かに揺れたのだが、白鷺は気配に気付かず、じっと池の水面を見たままだった。

第三話　強敵

一

町人の身なりをして愛宕下《あたごした》に走った亮才は、夜道に人気《ひとけ》がないのを確かめると、身軽に土塀を越えて屋敷に忍び込んだ。

ここは、備後布田藩の上屋敷である。

翔の命を受けて潜入した亮才は、広大な敷地の雑木林を風のように駆け抜け、御殿が見渡せる松の大木に登った。

老中の命が狙われたのがよそごとのように油断しきっている大名家の屋敷は、警固がされていないといえるほど明かりが少なく、庭は暗闇である。御殿の部屋に明かりは見えるが、庭や廊下を明るくするには足りず、外を警固する宿直《とのい》の侍は一人もいないようだ。

松の木から飛び下り、音もなく庭を走って横切り、御殿の屋根に上がった。

容易く屋根裏に忍び込んだ亮才は、藩主、瀬谷左京大夫《さきょうのだいぶ》忠発《ただはつ》の様子を探るべく、身を潜めた。

すると間もなく、下から大声が聞こえた。

声は、藩主忠発のものに違いない。

「くどいぞ、暉正《てるまさ》！　何度も言わせるな！　たたら場の山は触ってはならぬ！」

声がする部屋の上に移動した亮才が、天井板をずらして見る。すると、怒って仁王立ちする忠発の前で、江戸家老の柏木暉正が両手をつき、懇願する顔を向けていた。

その柏木が言う。

「殿、どうか、お考えなおしを願いまする。藩を救う手立ては、たたら場を千成屋にまかせることしかございませぬ」

「金のために、先祖の墓を荒らすようなことができるものか！　商人風情《ふぜい》に、代々守ってきた山を預けるなど、余は許さぬ！」

「されど殿、近年の不作で石高が落ちている上に、今年は川の氾濫で田畑が被害を受けております。おそらく今年も、十分な米は得られませぬ。このままでは借財が増えるばかりでございます。参勤交代《さんきんこうたい》の費用もままならぬ今、御公儀から出費がかさむお役目を命じられるようなことになれば、どうにもならなくなりまする」

「案ずるな。五年前に石垣修復を請け負ったばかりだ。当分ありはせぬ。借りた金も、そのままにしておけばよい」

「何を申されます。それでは、いざという時に貸してくれませぬぞ」

「理由がどうあれ、山に触ることはまかりならぬ。千成屋にそう申しておけ。よいな」

「殿、お待ちください、殿」

柏木が止めるのも聞かず、忠発は部屋を出て、奥御殿に渡ってしまった。

一人残った柏木が、

「どうすればよいのじゃ」

困り果て、袴をにぎり締めている。

しばらく黙り込んでいた柏木は、考えがまとまったのか、長い息を吐いて立ち上がると、蠟燭《ろうそく》の火を吹き消して部屋から出ていった。

暗闇の中で天井板を戻した亮才は、屋根の上で夜が更《ふ》けるのを待ち、頃合いを見て奥御殿に渡った。

って は容易いことだ。

奥御殿も表御殿に劣らぬ広さだが、寝所で休む忠発を見つけることなど、亮才にとっては容易いことだ。

添い寝をする女の姿はなく、忠発は一人で床《とこ》に入っている。

次の間に控える茶坊主も家臣もおらぬ。

亮才は、翔に命じられた役目を果たすべく、懐から細い刃物を出した。

寝息を立てる忠発の枕元に音もなく下り立ち、ぎらりと光る刃物をにぎって心の臓に突き刺そうとした時、廊下に足音がした。

「殿、殿」

家臣の声に、忠発が目を開けた。

「何ごとじゃ」

面倒臭そうな声をあげて半身を起こした時には、亮才の姿はどこにもない。

次の間に入った家臣が、ごめん、と断り、龕灯《がんどう》を天井に向けて調べた。

「いかがしたのじゃ」

訊く忠発に、聡明《そうめい》そうな顔つきをした小姓が片膝をついて言う。

「庭で足跡が見つかりました。曲者が忍び込んでおります」

「曲者じゃと。盗っ人か」

「分かりませぬ」

「何かの間違いであろう」

「いえ、家中《かちゆう》の者は決して足を踏み入れぬ砂場に、新しい足跡がございました」

亮才はしくじっていた。

上屋敷の庭には、曲者の侵入が一目で分かるよう、幅が広い砂場が設けられているのだが、亮才はそうとは気付かず、足跡を残していたのだ。

夜中まで気付かれなかったのは、布田藩の警固の薄さが原因であるが、用心深かった先代藩主が砂場を設けた時から一度も侵入者がなかったのだから、無理もないことだ。

今騒ぎになったのは、夜遅くまで仕事をしていた勘定方の者が長屋に入ろうとしていた時、たまたま足跡を発見したからだ。

忠発を守る小姓が言う。

「まだ屋敷内に潜んでおるやもしれませぬ。お気をつけくだされ」

まさか刺客が送られているとは思いもしない忠発は、盗っ人だと決めつけた。

「金蔵を守れ。見つけ次第斬って捨てい」

「はは」

別の小姓が伝令に走る。

屋敷はにわかに騒がしくなってきた。

屋根裏に潜む亮才は、しくじったと思いはしているものの、表情には余裕がある。

天井板を蹴破って下り、忠発を殺すのは容易いことだが、それでは修羅場と化す。

亮才は、あっさりあきらめた。決して無理をせぬことが、これまで数多の命を奪った亮才が生き延びてきた秘訣《ひけつ》なのだ。

屋根にではなく、人がいない部屋に下りた亮才は、廊下に出た。騒ぎの中で巧みに人目をさけて進み、まんまと抜け出した。


翔から柏木に呼び出しがきたのは、翌日のことだ。

柏木は、昨夜の曲者侵入の件で忠発と話をしていた最中だった。

小姓が知らせるのを聞いた忠発が、不機嫌に言う。

「商人の分際で大名家の家老を呼び出すとは何ごと。暉正、行かずともよい。千成屋に来させろ」

柏木は困った顔をした。

「おそらく、たたら場の件の催促でございましょう。合わせて三十万両も借りているのですから、呼びつけてたたら場を預けぬと申し渡せば、臍《へそ》を曲げられるやもしれませぬ」

「かまわぬ」

「しかし、一度に全額の返済を迫られては一大事。この白髪頭を下げて収まるなら、いくらでも下げてまいりましょう」

不服そうな顔をした忠発ではあるが、柏木の言うとおりだ。一度の返済を求められて公儀に訴えられでもしたら、大恥をかく。

千成屋がすすめるままに借財を繰り返し、気付いた時には返済できぬまでふくれ上がっていた。

千成屋の狙いは、初めからたたら場ではなかったのか。

そう思えてならぬ忠発は、千成屋を頼ろうと言ってきた柏木を逆恨みするようになっていた。藩政の一切を柏木にまかせきりにして、贅沢三昧《ぜいたくざんまい》の暮らしをしていた己のことを棚に上げて、忠発は近々柏木を罷免し、借財の責任を一人に押し付けて腹を切らせ、踏み倒すつもりでいるのだ。

含んだ目つきで睨んだ忠発が、柏木に言う。

「どうしても千成屋に足を運ぶのか」

「はい」

「ならば、国許で起きた洪水のことを理由に、借財の返済をしばらく待つよう伝えよ。たたら場も、洪水によって壊滅したとでも言っておけ」

柏木は、懇願する顔をした。

「殿、今一度お考えなおしいただけませぬか。年に二十万両もの収入が約束されるのですぞ。我が藩は十一万石ですが、実際の米の石高は五万石にも達しておりませぬ。それにくらべ、たたら場の収入に変動はございませぬ。毎年二十万両入れば、殿は、四十万石級の大名に引けを取らぬ大大名となられるのです」

「収入のみを見ればそうであろうが、余の立場に変わりはない。藩に財力があることが御公儀の耳に届けば、城の修復やら、道や橋の整備などの役目を押し付けられ、山の鉄が枯渇《こかつ》するまで吸い取られるだけじゃ。そちは、先祖代々の墓をあの山に置いている意味が分かっておらぬのか」

「されど、財政難を理由に領地運営の怠慢《たいまん》を咎められ、領地替えを命じられてしまえば、長年守ってきた山を奪われてしまいます。その前に、藩のため、領民のために使うのが得策かと」

「たかが三十万両の借財で、そのようなことにはならぬ」

「たかが三十万両とは聞き捨てなりませぬ。殿、今の財政では、家臣を減らしても、完済まで四十年もかかる大金でございますぞ」

「言うな。聞きとうない」

「殿！」

「借財はお前が勝手にしたことじゃ。余は知らぬ。なんとかせい！」

忠発の本音を知り、柏木は愕然とした。

悔し涙は見せぬが、脚の肉がちぎれんばかりに摑んだ手に力を込めて感情を抑えた柏木は、顔を背けたままの忠発に平身低頭し、部屋から出た。

そして、沈痛な面持ちのまま、翔が待ち受ける屋敷を訪ねたのである。

南蛮の椅子に座り、顔をうつむけている柏木の前に現れた翔は、対面して座ると、そばに仕える女に酒の支度をさせた。

「今日は葡萄酒ではなく、酒だ」

翔が言うと、女が柏木に盃《さかずき》を差し出した。黒漆《くろうるし》の盃に蒔絵《まきえ》が施された雅《みやび》な物であるが、気持ちが落ち込んでいる柏木の目には入っていない。

注がれた酒を飲んだ柏木は、椅子から下りて、翔の前で床に両手をついた。

冷めた目で一瞥した翔が言う。

「忠発殿は、金を返すつもりも、たたら場で儲けるつもりもないようだな」

柏木はぎょっとした。

「まさか、昨夜の曲者は……」

「わたしは気が長いほうではないのだ。返答をよこさぬので、手の者を忍び込ませた。そうしていられては話がしにくい。座ってくれ」

翔に言われて、柏木は立ち上がり、椅子に座って訊く顔をした。

「手の者は、わしと殿の話を聞いていたのか」

翔がそうだと答えた。

「忠発殿はやはり、わたしの思ったとおりの男だったようだ。これをもって、布田藩とは縁を切らせてもらう。三十万両を即刻返していただこう」

「そのような大金、どうにもならぬ」

「では、公儀に訴えるしかない」

「ま、待ってくれ。それだけは勘弁してくれ」

翔が、呆れた笑みを浮かべると、そばに控えていた軍司が冷たく言う。

「柏木様、言葉づかいに気をつけなさい。待ってください、勘弁してください、ではないのですか」

「…………」

商人風情が何を言うか。

柏木はそう叫びたい気持ちを抑え、唇を震わせた。そして、翔に頭を下げる。

「翔殿。借りた金は何年かかろうと必ずお返しいたす。どうか、ご勘弁を」

翔は何も言わずに立ち上がった。

「翔殿」

懇願する柏木に、翔は穏やかな顔で言う。

「あなたの辛い立場はよく分かる。だが、わたしも諸国に店を構えている身。一万人を超える奉公人を養わなければならない。三十万両もの大金を、いつまでも貸しておくわけにはいかないのだ」

「そこをなんとか、お願いしたい。このとおりだ」

必死に頭を下げる柏木に、翔が言う。

「では、ひとつだけ知恵を授けよう。これを受ける受けないはそちらの勝手だが、わたしからの、最後の助けだと思っていただこう」

「できることならなんでもします。言うてくだされ」

「あとは、軍司が話す」

翔はそう言うと、控えている女と共に席を外した。

翔を見送った柏木が、軍司に顔を向ける。

「番頭殿、何をすればよいのだ」

軍司は柏木の前に座り、鋭い目を向けて訊く。

「その前に、ひとつ教えていただきましょう」

「何をだ」

「柏木様は、十一万石の御家と殿様の、どちらを守りたいのですか」

「どちらをと言われても困る。御家というのは、殿あっての御家ではないか」

「これは失礼。訊き方を誤りました。御家を守るために、忠発侯を亡き者にする覚悟はおありですか」

「な、何！」

軍司が言わんとすることを察した柏木の顔色が、見る見る青くなった。

「ま、まさか、殿を殺せと申すか」

「藩の財政を立てなおせるのは、たたら場しかないのです。鉄を金に替えるには、断固として山を守りたい藩主に消えてもらうしかないでしょう。家臣があるじを殺せば、天下の大罪人。あなた様にはできますまい。しかし、屋敷の外で命を落とせば、誰もあなた様を疑いますまい。その手助けを、我らがいたしましょう」

「何をする気だ」

「そこは我らにおまかせください。確か忠発侯は、鷹狩《たかが》りがお好きでしたな。上高田《かみたかだ》村《むら》の下屋敷《しもやしき》では、鷹狩りを楽しまれているとか」

柏木は固唾を呑み、うなずいた。

軍司が訊く。

「次の鷹狩りは、いつです」

「ま、待て。待ってくれ。本気で言うているのか」

「これも、御家を守るためです。嫡男の法寿丸君《ほうじゆまるぎみ》が藩主におなりあそばせば、主家お血筋の柏木様が後見人。あとは、思いのままではございませぬか」

「そ、それはそうなのだが、しかし、殿の命まで奪うというのはいかがなものか。それがしは、気が進まぬ」

軍司が鋭い目を向ける。

「御家の将来がかかっているのですから、気が乗る乗らぬという問題ではございますまい」

決断を迫られた柏木は、額に玉の汗を浮かべて、苦悶《くもん》の顔で呻き声をあげた。

軍司の言うとおり、布田藩の窮地を救えるのは、たたら場しかない。あるじ殺しは大罪だが、忠発が生きている限り、藩も、領民も救うことはできないのだ。

柏木は、恐ろしい決断をするしかなかった。震える手を膝に置いて頭を下げ、忠発が鷹狩りする日を教えた。

二

この日は朝から日が照りつけ、うだるように暑かった。

布田藩の広大な下屋敷は、半分以上が手付かずの野原になっており、うさぎ、きつね、たぬき、うずら、きじ、山鳩《やまばと》などの獲物を狙える。

特にうざきの肉が好物の忠発は、自慢の隼《はやぶさ》を連れて野原を見渡す高台に立ち、解き放つ頃合いを見計らっていた。

「やれ」

忠発が命じると、控えていた鷹匠《たかじよう》が合図を出す。すると、勢子《せこ》を務める家臣たち数十名が野原を囲み、勢いよく音を立てて獲物を追いはじめた。

「うさぎよ来い」

目を輝かせて言う忠発の眼下で、獲物が藪《やぶ》から走り出た。

「殿、きつねでござる」

供をしている小姓が言うと、忠発は舌打ちをした。

「見れば分かる。きつねに用はない」

忠発はうさぎにこだわったが、そのあと勢子たちが何度追い立てても、望みの獲物は出てこなかった。

この鷹狩りの一行に、柏木の姿はない。

たたら場のことで衝突したのが原因で、柏木は上屋敷で留守を命じられたのだ。

五度目にして、やっとうさぎが現れた。

「それ」

忠発が解き放つや、隼は地上すれすれを飛んでうさぎの背後から迫り、見事に仕留めた。

家臣が持ってきた獲物に満足した忠発は、戻った隼を鷹匠に渡して馬に跨《また》がり、小姓に言う。

「瀬川《せがわ》の原にまいる」

馬を歩ませ、御殿からもっとも遠い野原に移動した。

鷹匠がそれに続き、警固の小姓は他の家臣らとあとを追っていく。

瀬川には、休息をするための建物がある。御殿ほど豪華なものではなく、茅葺《かやぶ》きの一軒家だ。

そこには前もって家臣と女中たちが入り、鷹狩りで疲れている忠発を迎えるための支度を整えて待っている。

好物を料理させるために向かった忠発は、森の小道に入った。

木陰の涼しさに癒《いや》されながら進んでいた忠発であったが、騎乗する馬の尻に、潜んでいた曲者が放った石礫《いしつぶて》が当たった。

家臣たちはまったく気付かない中で、突如として忠発の馬が暴走をはじめた。

「どう、どう！」

忠発は手綱《たづな》を引いてなんとか止めたのだが、ふたたび礫が投げられ、驚いた馬が走りだした。

家臣を置き去りにして暴走する馬を止めようとしたが言うことを聞かず、忠発は、馬に落とされないようしがみ付いた。

木の枝に顔を弾かれつつも、必死にしがみ付いている忠発を乗せて暴走する馬は、森の小道から、開けた場所に出ようとした。と、その時、突如として木の上から黒い影が飛び下り、馬にしがみ付いている忠発の後ろに跨がった。待ち構えていたのは亮才だ。

気付いた忠発が振り向く。

「何奴じゃ」

驚いた忠発が声をあげるのと、亮才が刃物を背中に突き入れるのが同時だった。

背中から心の臓を貫かれた忠発は、短い呻き声を吐いて白目をむき、身体から力が抜けた。

「どう、どうぅ」

忠発を乗せたまま馬を止めた亮才は、忠発の背中から針のごとく細い刃物を引き抜き、森に姿を隠した。

あとを追って来た鷹匠が、立ち止まっている馬の背でぐったりしている忠発を見て驚愕した。

「殿！　ご無事でございますか！」

暴走する馬を止めて、ほっとしているのだと思った鷹匠は、忠発に駆け寄り、馬から降りるよう促した。

そこでようやく、忠発が死んでいるのを知った鷹匠は、森の小道に駆け戻り、あとから来た家臣たちに大声で叫んだ。

「一大事にござる！　一大事にござる！」

下屋敷からの急報を聞いた柏木は、読み物を閉じて、瞑目《めいもく》した。

この時には腹をくくっていた柏木の行動は早かった。

軍司から、心の臓の発作に見せかけると教えられていたので、遺骸を密《ひそ》かに上屋敷に運ばせるや、皆を集め、公儀には病死と届けることを告げた。

御典医《ごてんい》も見抜けぬ鮮やかな手口に、暗殺を疑う者は一人もいない。

「馬が暴走してしまったせいで、殿は驚かれて発作を起こされてしまったのだ」

「いや、暑気当たりに違いない」

家臣たちは憶測を飛ばしたが、結局、御典医が暑気当たりによる発作と断定したので、家臣たちは納得し、あるじを喪った悲しみに包まれた。

すすり泣く皆に、柏木が言う。

「泣いている暇はないぞ。我が藩は今、未曽有《みぞう》の財政難に陥っている。跡をお継ぎになられる法寿丸様は、まだ五歳になられたばかりじゃ。殿に成仏《じょうぶつ》していただくためにも、我らが一丸《いちがん》となって、藩を守り立てようぞ」

柏木の気丈な振る舞いに、家臣たちは泣くのをやめ、賛同した。

「御家老に従いまする」

「何をすればよいかおっしゃってください」

気の早い家臣たちが言うので、柏木は、

(これで、藩も安泰じゃ)

胸のうちでそうつぶやき、悟られぬように安堵の息を吐いた。


たたら場が翔の手に落ちたのは、この日から僅か一月後のことだ。

千成屋を訪ねた柏木から証文を預かった翔は、

「確かに、承《うけたまわ》りました」

丁寧な口調で言い、軍司を促す。

応じた軍司が、柏木の前に借財の証文を差し出した。

それを見て、柏木が驚きの顔を上げた。

「これは……」

翔が言う。

「約束した二十万両を先払いします。これで、残る借財は十万両。来年早々には、差し引いた残り十万両をお届けしますので、楽しみにしていてください」

長年苦しんでいた財政が一気に好転したことに、柏木は胸が熱くなり、目頭《めがしら》を押さえた。

「殿には悪いことをしたが、若君のため、領民のためには、このほうが良かったのだ」

翔が真顔で応じる。

「柏木様の英断により、藩は救われるのです。あとは何も心配せず、たたら場のことは千成屋におまかせください」

柏木が居住まいを正して、翔に訊いた。

「ひとつだけ、気になっていることがある」

「なんでしょう」

「山を切り崩すのはいいのだが、はたして、年に二十万両もの金を納めるだけ儲かるのか。鉄の需要はあるのか」

「気付かぬようで、よく見れば身の周りに鉄は溢れています。たたら場の鉄は、人を殺すための道具ではなく、人々の暮らしに必要な物に使われるようになるでしょう」

「そういうことなら、安心した。よろしく頼む」

「かしこまりました」

翔が笑みを含んだ顔で頭を下げると、柏木は、上機嫌で帰っていった。

見送った軍司が部屋に戻ると、翔はさっそく命じる。

「ただちに人を送れ。山に藩の者を近づけぬよう気をつけろ」

「手筈《てはず》は整ってございます。腕の良い職人を集めておりますので、冬になる前には、最初の品物が出来上がりましょう」

翔は、余裕の顔で命じる。

「では、兵を集めよ。大目付から奪った帳面に記してある大名どもを、改易に追い込む」

「かしこまりました」

軍司は頭を下げ、翔の前から去った。

入れ替わりに宗之介が顔を出し、翔の前に座った。

頭に両手を置いて天井を見上げ、

「あぁあ、暇だなぁ。腕が鈍《なま》ってしまいそうです」

つまらなそうに言う。

そんな宗之介を、翔は呆れた顔で見た。

「永井三十郎を斬れと言ったはずだ」

「それが見つからないんですよ。手下に命じて方々に目を光らせているのですが、どこに隠れているのやらさっぱり分からない。どうすればいいですかね」

「わざわざ訊きに戻ったのか」

翔が言うと、宗之介が身を乗り出した。

「どこかでのたれ死んでいるかもしれないので、先に信平を斬らせてください」

「だめだ。永井を捜すことに集中しろ」

「それは、手の者がやっていますから」

宗之介がどうしても信平を斬りたがるので、翔は不思議そうな顔を向けた。

「お前らしくないが、どうしてそこまで信平にこだわる」

「どうしてでしょうねぇ」

宗之介は、考える顔をした。そして、首をかしげながら言う。

「城であいさつ代わりに剣を交えた時のことを、夢で見てしまうんですよ。だからかな」

「なるほど。互角か、それ以上の相手にこころを奪われてしまうとは、剣士としてはまだまだ未熟ということだ。つまらぬこだわりを持つと、命を落とすぞ」

「それは困りました。まだ死にたくありません。どうすればいいでしょう」

あっけらかんと言う宗之介に、翔は苦笑した。

「今は忘れることだ」

「ええっ、本気ですか？　我らの仕事を何度も邪魔したのですよ」

「この先も邪魔になるようなら、その時は殺させてやる。今は永井を捜せ。もう一度同じことを言わせたら、たたら場の警固に回すぞ」

「それはいやだな。分かりました。捜してきます」

ほんとうに田舎の山に送られそうなので、宗之介は、仕方なく町へ出ていった。

一人部屋に残った翔は、宗之介が珍しく関心を抱く信平のことが気になりはじめていた。

そして、骨斬藤四郎を手に取って抜刀し、刀身に映る己の目を見つめた。

「鷹司松平信平……か。わたしの邪魔をする者は、誰であろうと容赦はせぬ」

そう言って伝家の宝刀を払い、鞘に納めた時、真っ二つに斬られたハエが落ちた。

三

信平は、佐吉と共に屋敷を出かけると、赤坂御門内にある紀州徳川家を訪ねた。

屋敷の内外では、紀州徳川家自慢の手練が目を光らせ、厳しい警固をしている。

鮫小紋《さめこもん》の着物に統一された者たちの外見は、他の家臣と変わりない姿なのだが、この者たちは、奥向きを守る薬込役《くすりごめやく》といい、のちの世に、八代将軍吉宗《よしむね》によって新設される御庭番《おにわばん》の前身だ。

松姫も幼い頃から見知っている心優しき者たちであるが、その実力は、伊賀者や甲賀者を凌ぐ。

その中の一人、川村弥一郎《かわむらやいちろう》は、奥向きに近い裏門を守っていたのだが、和歌山《わかやま》から江戸に赴《おもむ》いたばかりで信平のことを知らず、人が滅多《めった》に通らぬ裏道を、大男を従えて歩んでくる狩衣姿の若者を見るや、警戒の目を向けた。

「そこの者、止まれ!」

血気盛んな声で言い、駆け寄る。

佐吉が信平をかばい、姓名を名乗るや、若い弥一郎は顔を真っ赤にして、平あやまりした。

弥一郎の配下もそれに倣って平身低頭するので、

「よい。顔を上げられよ」

信平が穏やかに言うと、事情を知っている弥一郎が応じた。

「奥方様と若君は、我らが命を賭してお守りします」

先ほどとは違い、落ち着きはらった声の奥には、強い決意が感じられた。

信平は、

「頼もしい限りじゃ。よろしく頼む」

そう言って、裏門から屋敷に入った。

通された部屋で待つこと間もなく、福千代を抱いた松姫が来た。久々に会う妻子に、信平は微笑む。

明るい笑みで応じる松姫に抱かれていた福千代が、降ろせとぐずった。

「落ちますよ」

松姫が言いながら降ろしてやると、福千代は信平の膝の中に座り、満足そうな笑みを浮かべた。

信平が頭をなでてやり、

「良い子にしていたか」

声をかけると、福千代はうなずいた。

信平は、松姫に笑みを向ける。

「しばらく見ぬうちに、大きくなった」

「はい」

松姫は微笑んで言う。

「旦那様に会えず、寂しそうにしています」

「そうか」

膝の上で飛び跳ねる福千代を遊ばせてやりながら、信平は言う。

「福千代、今しばらく、おじじ様のところにいなさい」

すると、福千代は飛び跳ねるのをやめて信平を見た。一緒に帰れぬと分かり、がっかりした様子だ。

信平の膝から下りて松姫に抱きつき、甘えた声を出して顔を肩に押し付けた。

松姫が、福千代の背中をたたいてなだめてやりながら、信平に言う。

「幼いなりに我慢しているようで、近頃は、夜泣きをするようになりました」

「さようか」

家族を想《おも》う信平の気持ちが分かっている松姫は、いつ戻れるかとは訊かない。そばに寄り添い、来てくれたことを喜ぶ松姫の手をにぎった信平は、親子三人で僅かな時を楽しんだ。

供をしてきた佐吉も、別室で国代と会い、夫婦話をしている。

頼宣は、信平が来て半日が過ぎた頃に仕事を一段落させて、信平たちがいる部屋へ顔を出した。

頭を下げる信平に、

「堅苦しいあいさつは抜きじゃ」

よう来たと言って福千代を抱いた頼宣が、上座に座った。

「婿殿、今日は泊まったらどうじゃ」

「そうしたいところではございますが、そろそろお暇《いとま》を」

「なんじゃ、もう帰るのか。お役目を解かれたのだから、悪人どものことは御公儀にまかせて、ゆっくりしたらどうじゃ」

「近頃静かになってはおりますが、かえって不気味でございます。せめて正体を掴むまでは、油断できませぬ」

「そうか」

納得した頼宣が、福千代を松姫に渡した。

「福千代、良い子じゃの。菓子でももろうてきなさい」

そう言った頼宣は、松姫に言う。

「ちと、婿殿と話がある」

「はい」

応じた松姫は、福千代を連れて部屋から出ると、不安そうな顔を信平に向けた。

信平が微笑んだ。

笑みを返した松姫は、福千代の手を引いて廊下を歩み、中庭を挟んだ向かいの部屋に入った。

部屋で待っていた糸が、福千代に菓子を与えている。

首を伸ばして様子を見ていた頼宣が、膝を突き合わせている信平に目線を戻して言う。

「早う悪人を捕らえたい気持ちは分かる。松も福千代も、帰りたがっておるようだしの」

「はい」

「じゃが、焦りは禁物じゃ。此度の相手は、一筋縄《ひとすじなわ》ではいかぬような気がしてならぬが、おぬしも、そう感じておるのではないのか」

「お察しのとおりでございます」

「何か、摑んでおるのか」

頼宣に訊かれて、信平は顔を横に振った。

「何も見えてきませぬ。それゆえ、強敵ではないかと」

「うむ」

頼宣がうなずき、身を乗り出す。

「実はの、妙な噂を聞いたので、婿殿に知らせてやろうと思うておったところじゃ」

「何でございましょう」

「備後布田藩の藩主を知っておろう」

「左京大夫殿でございますか」

「そうじゃ」

「存じております。お城で、何度かお言葉をかけていただきました」

「その左京大夫が、亡くなったそうじゃ」

信平は驚いた。以前本丸で見かけた時は、元気そうだったからだ。

「いつにございます」

「一月前に、病死の届けが出されたそうじゃ。家老の働きで、家督は嫡男が継ぐことが許されたそうじゃが、暗殺の噂が出ておる。公儀は噂を本気にしておらぬようじゃが、真《まこと》であれば、この時期に暗殺というのはどうも気になったのじゃ。この話、どう思う。怪しいと思うなら、手の者に探らせるぞ。折よく国許から、探りを入れることに優れた者が来ておる」

頼宣はそう言うと、廊下に控えている小姓に命じた。

「川村弥一郎をこれへ」

「はは」

応じた小姓が去って程なく、廊下に若者が座った。

信平が振り向くと、裏門を守っていた若者が頭を下げた。

頼宣が言う。

「この者はまだ若いが、間者《かんじゃ》としての腕は確かじゃ。探りを入れてみるか。左京大夫が暗殺されたのが事実であれば、ひょうたん剣士の一味が関わっておるやもしれぬぞ」

信平は、頼宣に訊く。

「左京大夫殿は、幕府の要職には就いておられぬはず。ひょうたん剣士の一味が狙う理由がございますでしょうか」

「西国の山の中にある十一万石の藩だ。実質の石高はより低い、貧しい藩なのだが、わしは以前、左京大夫に聞いたことがある。あの者は自慢をする癖がある男でな。藩は貧しくて借財ばかりしておるが、先祖が残してくれた宝の山があるので、いざという時には困らぬのだと言うておった。宝の山とは何かと訊いても、そこは教えてくれなんだが、命を狙われるとすれば、答えはそこにある気がする」

「では、宝を狙う一味が、暗殺をしたと」

頼宣は渋い顔でうなずく。

「嫡男はまだ幼い。後見する家老が、はたしてどう動くかじゃ。一味と繋がっておれば、宝の山とやらを己の思うままにいたすやもしれぬ。特に江戸家老は、金策に走り回っていることで知られておったからな。病死と届けられた直後に、暗殺の噂が立ったというわけじゃ」

「では、暗殺をしたのは、家中の者かもしれませぬ」

「そうあってほしいものじゃ。家臣がしたならば、他家のことゆえ構うことはないのじゃが、前々から、密かに動いていた輩がおる。紀州の我が領内に暮らす鍛冶《かじ》職人たちが、高い給銀で雇いたいと誘われたそうじゃ。その行先《いきさき》が、布田藩だった。そうであろう、弥一郎」

「さようでございます」

弥一郎が応じた。半年前のことだという。

信平が、弥一郎に訊く。

「集めていたのは、何者ですか」

「武家ではなく、商人です。すぐにでも働きたいと願った者がいたのですが、声をかけるまで待つよう言われ、支度金を置いて行ったそうです。ずいぶん、羽振《はぶ》りがよさそうな者たちだったと聞いております」

領内で変わったことが起きれば、弥一郎たちは探りを入れ、頼宣に知らせる役目なのだ。

そしてこのたび、何者かに雇われた領内の鍛冶職人たち十数名が姿を消したので、頼宣に知らせるべく江戸に来たという。

その弥一郎が、松姫と福千代の警固を命じられて滞在していたのはたまたまなのだが、ひょうたん剣士の一味を捜しあぐねていた信平にとっては、一歩近づけるきっかけであった。

信平がひょうたん剣士の関わりを疑ったのは、弥一郎が言った次の言葉だ。

「姿を消した鍛冶職人は、いずれも、かつて鉄砲を造っていた家柄の者ばかりでございます」

信平は頼宣に言う。

「舅殿、布田藩の探索を、よろしくお願いします」

「うむ」

頼宣は、弥一郎に命じた。

「弥一郎、ただちに布田藩を探れ」

「はは」

「ひょうたん剣士の一味が関わっておれば、難儀な役目になろう。くれぐれも、正体を知られぬよう気をつけよ」

「承知いたしました」

弥一郎は、頼宣と信平に頭を下げて去り、布田藩の領地へ向かった。

頼宣が信平に言う。

「あの者ならば、必ず何か摑んで戻ろう。それまでは、屋敷で大人しゅうしておれ。念のために、松と福千代はここに置いておくことじゃ」

「お頼みします」

「二人のところへ行ってやるがよい」

やり残した仕事を片づけると言った頼宣を見送った信平は、松姫と福千代の元へ行き、夕暮れまで共に過ごして帰った。

「どうか、ご無事で」

そう言って見送った松姫の寂しそうな顔を想う信平は、不穏な気配が漂う江戸の空を見上げ、佐吉に言う。

「佐吉」

「はい」

「妻と離れて暮らすのは寂しかろうが、今しばらく辛抱してくれ。麿はどうも、悪い予感がしてならぬのだ。役目は解かれたが、放ってはおけぬ」

「それでこそ、殿ではござらぬか。どこへでもお供しますぞ」

「ふむ。頼もしく思うぞ、佐吉」

信平はそう言うと、赤坂の屋敷へ歩みを進めた。

四

「旨いなぁ。疲れがすっと抜けていく」

幸せそうな顔で言うのは、お初の味噌汁《みそしる》を堪能《たんのう》している五味だ。

「汁が染み込んだ麩《ふ》がなんともいい。お初殿、おかわりあります？」

五味が空のお椀《わん》を差し出すと、お初は黙って受け取り、熱いのを入れてくれた。

「これもどうぞ」

お初がそう言ってにぎり飯を載せた皿を置いたので、味噌汁を一口すすった五味は、ひとつ取った。

刻んだしそと梅干しを混ぜたにぎり飯をがぶりと食べ、また幸せそうな顔をする。

「お初殿がにぎってくれたと思うと、尚《なお》のこと旨い」

お初は黙っていた。

台所からにぎり飯を載せた皿を持ってきた善衛門が、

「どうじゃ、わしがこしらえたにぎり飯は旨かろう」

と言うので、五味が噴き出した。

飯粒が顔に飛び散ったお初が、目を閉じて憤怒《ふんぬ》の息をもらす。

「やっ！　すまない！」

五味が手で取ろうとしたので、

「触るな！」

お初はぴしりとたたいて払い、顔を洗いに井戸端へ行った。

「お初殿、悪気はなかったのです、お初殿」

五味が泣きそうな顔をして追っていくのを見て、善衛門が首を振る。

「仲が良いことですな」

信平は佐吉と目を合わせ、黙ってにぎり飯を食べた。

善衛門が佐吉に訊く。

「そういえば佐吉、下之郷村の宮本厳治は遅いの。いかがしたのじゃ」

にぎり飯を口いっぱいに頬張っていた佐吉が、味噌汁で流して言う。

「うっかり言うのを忘れておりました。イナゴの大群が発生したので、遅れるという知らせが今朝届きました。殿のお許しをいただき、村の役目に励むよう伝えましたので、しばらく来ませせぬ」

「なんじゃ、そうじゃったのか。では、ひょうたん剣士の一味を捜すのは我らのみか。まあ、いつものことゆえそれもよかろう。米が穫《と》れぬと大ごとじゃからな」

難しい顔をして味噌汁をすする善衛門は、お椀と箸《はし》を置き、信平に顔を向けた。

「殿、頼宣侯がおっしゃるとおり、布田藩を探る家来が戻るのを待つおつもりですかな」

「いや、そうもしておられぬ」

「では、明日はどちらを探索されますか。近頃一味はなりを潜めておりますが、旗本の連中は、城の守りに疲れが見えはじめております。そこを突き、ふたたび老中が狙われるのではないかという声も出ておりますが」

「ふむ」

信平は、考えた。ひょうたん剣士の狙いが、まったく読めないのだ。

「曲輪内の警固をしつつ、舅殿が遣わした密偵を待とうと思う」

信平がそう言うと、善衛門はうなずいた。

「頼宣侯の読みが当たり、尻尾《しっぽ》を摑めるとよいですな。一味の正体が分かってしまえば、一気に片をつけられますからな」

信平が明日のことを言おうとした時、門番の八平が庭に現れた。

「日高十左衛門殿が、殿様に急ぎの御用があると申されております」

善衛門が信平に言う。

「日高殿と言えば、亡くなられた大目付の用人ですな」

「ふむ。会おう。佐吉、書院の間にお通しいたせ」

「はは」

佐吉が立ち上がり、八平と共に日高の元へ急いだ。

信平は、善衛門と書院の間に入り待っていると、程なく日高が現れた。

「急に申しわけございませぬ」

「嫡男が家督を許されたと聞きました。落ち着かれましたか」

「はい。家臣一同は、殿を喪った悲しみに暮れておりましたが、若君のためにもしっかりせねばと奮起し、なんとかやっておりまする」

「それはよかった。して、今日は」

「是非とも、信平様にこれを見ていただきたく、参上つかまつりました」

日高は懐に収めていた書状を出し、畳に置いた。

「殿の遺品整理にかかっていましたところ、この遺言状《ゆいごんじょう》が出てまいりました。殿は、此度の騒動を起こしている者を探っておられたのではないかと思われます。命を狙われることを覚悟されていたとしか思えぬ、遺言状を残されておりました」

そう言って差し出すので、善衛門が受け取り、信平に渡した。

「では、拝見いたす」

信平は、目を通した。

大目付、本条丹後守の遺言状には、己が命を落とすようなことがあれば、大目付の兼藤《かねふじ》に託すよう書かれていた。

信平はそこまで読み、日高に顔を向けた。

「麿が見てもよろしいのか」

日高がうなずく。

「実は、兼藤様は殿がお亡くなりになってすぐ、病の届けを出されて療養を許されました。心の臓が弱っているとのことでございます」

善衛門がすかさず言う。

「大目付は他に二人おられよう。何ゆえ、信平様なのじゃ」

「信平様が、ひょうたん剣士一味の探索をされていると聞きましたので、我が殿がお調べになったことがお役に立つのではないかと思いまして」

善衛門が驚き、信平に訊く。

「殿、ひょうたん剣士一味のことが書かれているのですか」

「まだ読んでおらぬ」

信平は、遺言状の先を読み進んだ。

そこには、浪人を集めている者を探り出せ、と書いてあった。

何者かが浪人を大勢雇い、この国に戦乱を起こして支配しようとたくらんでいると、本条は知らせている。

遺言状を読み終えた信平は、日高に顔を上げて訊いた。

「これに書かれていることがひょうたん剣士に繋がると、何ゆえ思われる」

日高が両手をついて、身を乗り出す。

「むろん、殿を殺したのがひょうたん剣士の一味だからでございます。殿は、一味のたくらみを調べておられたに違いございませぬ。それゆえの遺言状かと」

本条はこの遺言状を、簞笥《たんす》に入れてある下帯《したおび》の中に隠していたと聞いて、信平は納得した。

「命を狙われると覚悟され、そのようなところに隠されていたか」

「そうとしか思えませせぬ。それがしに託されなかったのも、家臣共々命を狙われると思われたからでしょう」

善衛門が腕組みをした。

「しかし、解《げ》せぬな」

「いかがした」

信平が訊くと、善衛門が言う。

「本条殿は、何ゆえ家中の者に黙っておられたのか。命を危ぶんでおられたなら、殿のように奥方と子を逃がし、警固を厳しくされてもよいようなものでござろう」

これには、日高が即答した。

「殿は、奥方様と若君を下屋敷へお移しになられるつもりだったのです。襲われたのは、その矢先でした」

「先を越されたとは、気の毒な」

言った善衛門が失言に気付き、詫びた。

首を振った日高が、信平に懇願する顔を向ける。

「本来なら、家中の者のみで動くべきなのでしょうが、恥ずかしながら、何をどうすればよいのか分かりませぬ。御指示をいただければ本条家家中の者が動きますので、どうか、お知恵をお授けください」

「本条家の方々も探索に動くと言われるか」

「はい。殿が残された言葉に一縷《いちる》の望みを託しとうございます。どうか、お力添えを頼みまする」

信平が訊く。

「敵《かたき》を、討つおつもりか」

日高が、決意した顔でうなずいた。

「ちょいと、失礼しますよ」

五味がそう言って顔を出したので、日高が驚いた。どうして町方が、という顔をしている。

五味は愛想笑いをして、遠慮なく言う。

「ああ、気にしないでください。それがしは、信平殿とは親友でござる。今聞いてしまったのですが、遺言状に書かれていた、浪人を集めている人物を捜す、というのは、信平殿より、このわたしのほうが得意だ。市中には仕事を探す浪人が大勢おりますから、ちょいと調べれば分かると思いますよ。よろしければ、捜しましょうか」

軽い口調で言う五味に、日高は戸惑っている。問う顔を向けられた信平は、日高にうなずいて見せた。そして、五味に言う。

「調べてくれるか」

「喜んで」

「相手は、ひょうたん剣士の一味かもしれぬ。決して無理をせず、くれぐれも用心してくれ」

「はいはい」

五味は立ち上がり、廊下にいるお初に笑みを浮かべる。

「ではお初殿、明日また来ます」

そう言って五味が帰ったので、日高が信平に訊いた。

「町方にまかせて、よろしいのでしょうか。町方が騒いで敵に動きを知られて身を潜められでもすれば、殿の遺言が無駄になりまする」

「五味ならば、心配は無用です。あのようにとぼけたところがありますが、頼りになる男です。あとは、我らにまかせていただきたい」

「敵を討ちとうございます。どうか、我らもお使いください」

「今は、若君と御家のために尽くされよ。ひょうたん剣士一味の正体が分かり次第、お知らせいたそう」

「はは。よろしく、お願い申し上げます」

信平の気遣いに平身低頭した日高は、知らせを待っていると念を押して帰っていった。

善衛門が信平に訊く。

「殿、我らも浪人を集めている者を捜しますか」

信平は、首を横に振った。

「ここは五味にまかせよう。我らは、曲輪内の警固を続ける」

信平は立ち上がり、廊下に出た。江戸のどこかに潜み、次の機会を狙うひょうたん剣士を想い、鋭い目を空に向けた。

五

翌日、五味はさっそく方々に手を回して、浪人を大勢雇う者の探索にかかった。

主に口入屋《くちいれや》に探りを入れさせつつ、五味自身は浪人が暮らしている長屋を歩き回って、顔馴染《かおなじ》みの浪人に、噂や誘いがあったか問うた。

五味が親しくしている浪人たちは皆気が優しく、どちらかと言うと剣術よりも汗水流して働くほうが性《しょう》に合っている者ばかりなので、戦乱を起こそうとしている輩の目にとまらぬらしい。誰もが、知らぬと首を横に振る。

丸一日歩き回った五味は、夕暮れ時になってある人物の顔を思い出し、手を打ち鳴らした。

「あの者なら、声がかかっているやもしれぬな」

行ってみるか、と言って足を向けたのは、今年の春に、ひょんなことから知り合いとなった武州《ぶしゅう》の浪人、重松金三郎《しげまつきんざぶろう》の家だ。

四谷南伊賀町《よつやみなみいがまち》の長屋に行ってみると、金三郎は一人で酒を飲んでいた。

「おお、誰かと思えば五味殿ではないか。ささ、上がってくれ」

湯飲みを出して喜ぶ金三郎と知り合ったのは、桜が咲いていた頃のことだ。男に財布をすられ、大きな身体を揺すって追っていた金三郎を助けてすりの男を追い、財布を取り戻してやったのだ。

五味は同心として当然のことをしたまでで、すりをしょっ引いて自身番《じしんばん》に行こうとしたのだが、情の厚い金三郎は、すられたのは自分が油断したせいだ、金さえ戻ればそれでいいと言って、若い男を許してくれと頼んだ。

五味は、それでいいなら、と言ってすりの男をその場で叱り、諭すように言い聞かせる五味の姿に感動した金三郎が、

「江戸にもこのような町方同心がいたとは」

と言って感涙《かんるい》し、酒に誘ったのだ。

「武州のさる城下で町方同心をしておりました」

素性《すじょう》を明かした金三郎とは妙に馬が合い、以来五味は、飲み友達になっていたのである。

「ささ、まずは一献《いっこん》」

笑顔ですすめてくれる金三郎の酌《しゃく》を受けた五味は、いつもの酒のつもりでぐいと飲み、目を丸くした。

「や！　これは焼酎《しょうちゅう》でござるか」

金三郎がにたりとする。

「安く酔えますからな。それに、酒より身体の調子がいい」

「なるほど」

五味はちびりと舐めて、湯飲みを置いた。

「今日は、訊きたいことがあってお邪魔した」

五味が珍しくまじめな顔をするので、金三郎は表情を引き締めた。

「何か、事件ですか」

「例の、ひょうたん剣士のことだ」

五味からひょうたん剣士の騒ぎを聞いていた金三郎は、同心の目つきになっている。

三十歳を前に浪人になったわけは話そうとしない金三郎であるが、悪を恨む善人であることは違いなく、先回りをして訊いた。

「ひょうたん剣士がまた出たのでござるか」

「いや、そうではないのだ。その一味がからんでいると思われる者が、浪人を集めているらしいのだ。何やら物騒な話でな、大勢集めて、戦乱を起こそうとしている」

「なんと」

「そこで金三郎殿、怪しい輩に誘われたことはないか。用心棒の口があるとか、ないとか」

金三郎は考え、焼酎をぐびりと飲んだ。

「出入りしている口入屋から、用心棒の仕事はいくつか紹介されたが、特に怪しげな店はなかったな。寄合《よりあい》で遅くなるので夜道の警固だとか、年頃の娘を守ってほしいだとか、そんなところだ」

「さようか」

収穫なしか、と、五味は肩を落とし、焼酎を舐めた。

「いや、待てよ」

思い出した金三郎が、五味に言う。

「そういえば最近、よその口入屋の話をすすめられたな。あれは確か、用心棒だったはずだ。やけに給金がいいので受けようとしたのだが、それがしが大名の元家臣ではないので断られた。他にも誘われた者がいたので、大名の警固でも募っていると思っていたが」

五味は、それだ、と手を打ち鳴らした。

「どこの口入屋だ」

「本町《ほんちょう》の金座《きんざ》近くにある、加納屋《かのうや》でござるよ」

「加納屋だな。よし、さっそく探りを入れてみよう」

「今から行かれるのか。明日にされたらどうですか」

少々酔っている金三郎は、泊まれと言い、焼酎をすすめてきた。

一日中歩き回って疲れていたせいもあり、少しの焼酎で顔が赤くなっている五味は、どうしようか考えたもののそれは一瞬で、

「そうしますか」

湯飲みを空けて酌を受け、金三郎と深酒をした。

その翌朝。

早々に金三郎の家を出た五味は、痛む頭を振りながら、

「何が次の朝に残らないだ。思い切り酔っているぞ」

赤ら顔で堀端の道をくだり、金座へ向かった。

途中の一膳めし屋から流れてきた味噌汁の香りに、

「お初殿の味噌汁があれば、いっぱつで気分がよくなるのだがなぁ」

と言いつつ歩み、本町へと急いだ。

通りに軒を連ねる店は朝から繁盛して、大勢の人が出入りしていたが、加納屋も他と変わらず、その日暮らしの日傭《ひようと》取りたちが、職を求めて大勢集まっていた。

店の外で仕切っていた男が、同心の五味が様子をうかがっているのに気付いて、愛想笑いを浮かべて駆け寄った。

「これはこれは、八丁堀《はっちょうぼり》の旦那。お役目、ご苦労様でございます」

男は心得ているとばかりに、紙に包んだ金を五味の袖に忍ばせる。

「いや、通りがかっただけだ。ここはそれがしの受け持ちではないので、こういうのは困る」

五味はそう言って包みを取り出したのだが、その重みに驚き、ごくりと喉を鳴らした。

「多いな。いくら入っている」

「ま、それはあとのお楽しみということで。どうか、遠慮なくお納めください」

ここで拒めば怪しまれる。

都合よくそう思った五味は、嬉しそうな顔で男に身を寄せて言う。

「ずいぶん羽振りがよさそうだな。仕事の口を多く抱えているのか」

「へい」

「ふぅん。それはいいことだ。それがしの受け持つ長屋で仕事に困っている者がいるのだが、来させたら仕事を回してやってくれるかい」

「ええ、そりゃもう。こちらからお願いしたいくらいで」

「そうか。おめぇさんは、なんて名だ」

「申し遅れました。加納屋のあるじ、粂五郎《くめごろう》でございます」

「ああそう、おめぇさんがあるじか。そいつは話が早い。明日にでもよこしたいが、いいかね」

「へい。ようございますが、あのう、旦那のお名前を」

「おお、まだ言うておらなかったな。それがしは、北町奉行所の五味だ。ここに出入りしているのは、どなたかな」

「北町奉行所の新田《にった》様でございます」

「新田梅之助《うめのすけ》か」

弱冠《じゃっかん》二十歳の梅之助は、五味の後輩だ。頼りない若者だが、悪人ではない。

ずしりと重い袖の中身を思い、梅之助を羨む五味であるが、すぐに忘れ、粂五郎に言う。

「梅之助には、それがしが来たことは内緒に頼むぞ。文句を言われて、袖の中の物を取られてしまうからな」

「かしこまりました。それで五味様、明日よこしていただくのは、どのようなお人で？」

「おれが紹介する者を疑うのかい」

「いえいえ、めっそうもないことでございます。ただ、女か、男かくらいは知りたいと思いまして」

「これはいかん。当然のことだ。いや、すまんな」

五味はあやまりながら、どうするか考えていた。で、頭に浮かんだ者のことを適当に教えた。

話を聞いた粂五郎が、目を細めて喜んだ。

「いやあ、それは思わぬことでございます。今からの時期はいくらでも仕事がございますので、是非とも、よろしくお願いします」

「そうか、それはこちらも助かる。偶然とはいえ、今日はこの道を通ってよかった。いや、ついているな。それじゃ、よろしく頼むぞ」

五味は軽いのりで手を上げて、粂五郎と別れた。

六

「と、いうわけで、信平殿、どうでしょう。その場で思い付いて、佐吉殿を紹介すると言うてしまいましたが」

五味が、加納屋のことをかくかくしかじかと教え、信平の意見を求めた。

共に話を聞いていた佐吉が、信平に言う。

「殿、それがしにおまかせくだされ。力持ちの遊び人というのは気に入りませぬが、気付かれぬように演じきって、探ってまいります」

「ふむ」

信平は、考えた。

善衛門が言う。

「それでは、人足働きに回されてしまうのではないか。浪人を集める目的を知ることはできぬと思うが」

五味が反論した。

「それはそうでございますがね、浪人を紹介すると言えば、怪しまれると思うたのですよ。まずは粂五郎に近づき、警戒を解いたうえで探りを入れたほうがよいかと」

信平が訊く。

「そなたは、加納屋が怪しいと睨んだのだな」

すると五味が、真顔で答える。

「気付かぬふりをしていたのですが、店の中から警戒の目を向ける者がいました。これは確かです。方々を探ってもらった者たちから聞いた話では、加納屋ほど浪人を集めている者はおりません。探りを入れる価値はあると思いますよ」

信平はうなずいた。

「では、麿が浪人になりすまして行こう」

「はあ？　いやいや、それはないでしょ。品が良すぎます」

五味が言い、善衛門が慌てて止める。

「殿、なりませぬ。ひょうたん剣士と剣を交えているのですから、見つかってしまいますぞ」

「変装をしてもだめだろうか」

「なりませぬ。気付かれたら命が危のうござる」

止める善衛門に続き、お初が口を開いた。

「それを申されるなら、佐吉殿も同じです」

善衛門が顔を向けた。

「うむ？　どういうことじゃ？」

お初が、皆に言う。

「老中を警固し、曲輪内の見廻りをなされた信平様と皆様は、敵に監視されていたかもしれませぬ。一人で敵中に入るのは危ういかと。ここは、わたしにおまかせください。加納屋に下働きとして雇ってもらい、探りを入れます」

「いや、それはどうかと。それこそ、逃げ場のない家の中で一人ではござらぬか」

五味がそう言って止めた。お初には、危ない場所に行ってほしくないのだ。

鈴蔵が割って入った。

「五味殿の言うとおりです。悪事を働く者が、知らぬ者を易々《やすやす》と雇うでしょうか」

お初が、黙っていろ、という顔を向けたが、鈴蔵は構わず言う。

「それがしが屋根裏に潜み、探りを入れましょう。そのほうが手っ取り早い」

「そう容易くはいかないかと」

言ったのは、千下頼母だ。

皆が顔を向けたが、頼母は無表情で続ける。

「相手は、殿と互角に戦うほどの強敵。屋根裏と床下には、油断せず気を配っていると思われたほうがよろしいでしょう。気付かれて手を回された時は、それこそ袋のネズミ。逃げられませぬ」

「頼母が申すとおりじゃ」

信平が言うと、鈴蔵は押し黙った。

お初が言う。

「顔を知られていないのは、おそらくわたしだけです。ここはおまかせください。五味殿、遊び人の男は先約があったことにして、代わりにわたしを紹介してちょうだい」

「いや、しかしあそこは危ない。やめておいたほうが」

止める五味を、お初は睨んだ。

「わたしの言うことが聞けないのですか」

五味は首をすくめた。

「信平殿、なんとか言うてください。いくらお初殿が凄腕《すごうで》の忍びでも、このたびは危ういとは思いませんか」

「ふむ」

信平は止めようとしたが、お初が反論した。

「誰かが行かなければ、正体を暴けませぬ。佐吉殿よりは、わたしのほうが顔を知られていない分、敵に気付かれることはございませぬ」

信平は、お初なら大丈夫だと思い、託すことにした。

「ではお初、頼む」

「信平殿」

五味がまたも止めようとしたが、お初が立ち上がった。

「五味殿、案内を」

「今日！　約束は確かに今日ですが、人も代わることだし、明日にしませんか」

「五味殿」

早くしろという目顔を向けるお初に、五味は顔をしかめた。

「分かりました。行きますよ」

「着替えて来るから、待っててちょうだい」

お初はそう言って、自分の部屋に下がった。

程なく出てきたお初は、町女らしい身なりに整え、化粧も落としている。

それはそれで、

「いい」

五味はそう言って、お初に見とれている。

まんざらでもなさそうな顔をしたお初が外に出たので、五味は慌てて追って出た。

町女らしく、同心の五味から一歩引いて歩むお初を連れて赤坂の町中を歩み、溜池《ためいけ》に沿って虎ノ門《とらのもん》を目指して道をくだり、葵坂通《あおいざかどお》りにさしかかった。

「やっぱり、なんだか気が進まないなぁ。お初殿、考えなおしませんか」

「黙って歩く」

お初にぴしゃりと言われて、五味は前を向いた。

坂の左手にある馬場から、馬の嘶《いなな》きがした。まだ暑い季節だが、馬を走らせる武家の姿が遠目に見え、熱風と共に土埃《つちぼこり》がこちらに流れてきた。

お初は、鬢《びん》が汚れぬよう気をつかって頭を布で隠し、布の端を口に挟んだ。

その姿がなんとも色っぽくて、五味は何度も振り向きながら歩み、うっとりとした顔で鼻の下を伸ばしていた。

何度目かに振り向いた時、お初が突如として五味の肩を摑み、引き寄せた。

どきりとした五味であるが、それは一瞬のことで、お初が自分をかばったことに気付いた。馬場と大名屋敷に挟まれた人気のない坂道の下に、饅頭笠《まんじゅうがさ》で顔を隠した六人の怪しい輩が現れたのだ。

「旅の僧ではないようね」

そう言ったお初は、帯に忍ばせた短刀に手をかけている。

十手を抜いた五味が、

「北町奉行所の者だ。何か用か」

曲者に向けて言う。

すると、一人が前に出て、饅頭笠の端を持ち上げた。ぎらりと殺気に満ちた目を向けて言う。

「我らの邪魔になる者は、なんぴとたりとも生かしてはおかぬ。やれ」

命じるや、手下が錫杖《しゃくじょう》の仕込みを抜刀して襲いかかった。

お初は短刀を抜いて一撃をかわし、一人を斬った。しかし、手応えはない。飛びすさったその者の袖は切り裂かれていたが、黒い鎖帷子《くさりかたびら》が覗《のぞ》いている。

「忍び」

お初が言った刹那、曲者は衣類を剝ぎ飛《は》ばし、漆黒《しっこく》の忍び装束となった。

伊賀でも甲賀でもないことは、お初には分かる。

「何者」

警戒の目を向けるや、曲者が一斉にかかってきた。

五味がお初をかばい、抜刀して向かっていく。

「うおお！」

大声をあげて刀を振るった五味であるが、敵に払い飛ばされ、眼前に切っ先を向けられる。

「うっ」

下がった五味が棒を探したが、道端にあるはずがない。

「待て、落ち着け」

そう言った五味の肩を踏み台に高く飛び上がったお初が、宙返りをして敵の背後を取り、短刀で背中を斬った。しかし、またもや鎖帷子に阻《はば》まれる。

「これでは斬れない」

お初は、愛用の小太刀を持っていなかったのだ。

それでもお初は、襲ってくる敵の手首を斬り、五味だけでも逃がそうと奮闘した。

五人を相手に戦うお初の姿を見ていた頭目《とうもく》が、

「どけ!」

手下どもを下がらせ、抜刀して前に出る。

薄笑いを浮かべた頭目が、かっと目を見開き、口から針を吹いた。

お初は短刀で払ったのだが、一本が手首に刺さった。

痛みに気を取られた刹那、頭目の鋭い刃が襲う。

短刀で受けようとしたお初であるが、敵の力が勝り、押し離された刹那に刀を鋭く一閃《いっせん》され、足を斬られた。

「うっ」

膝のすぐ上を傷つけられたお初が、たまらず倒れ込む。

「ここまでだ」

頭目が言い、刀を振り上げた。

「お初殿!」

五味が飛び付き、お初を抱きしめてかばった。

頭目が、五味の背中に刀を突き入れようとした、その時、大名屋敷の土塀から飛び下りた者がいた。

咄嗟に飛びすさった頭目が、刀を構えて睨む。

「何奴！」

町人姿の四十路《よそじ》男が立ち上がり、鋭い目を向けて言う。

「見てのとおりの町人だ」

言うや、

「ええい、黙れ」

頭目が苛立ち、斬りかかった。

町人姿の男は一撃をかわし、敵の手首を摑んだ。

「むう」

抗う頭目であるが、びくとも動かない。

頭目は口から針を吹こうとしたが、喉を鷲摑《わしづか》みにされ、身体を土塀に押し付けられた。

その怪力により、頭目の頭が漆喰壁《しっくいかべ》にめり込む。

「ぐう」

押し潰された喉を押さえて倒れる頭目を見て、手下たちが後ずさる。きびすを返して逃げようとしたが、町人姿の男が漆喰壁を足場に身軽に飛び、敵の退路を塞いだ。

と、思った刹那、頭目から奪っていた刀をもって襲いかかり、瞬く間に五人もの敵を斬殺した。

その鮮やかな手並みを見て、お初は目を見張る。

「あなた様は、もしや」

倒した者どもを見つつ、着物の埃を払っていた男が、お初に顔を向けた。

「どこかで見た顔だな。おお、思い出した。確か、豊後守様の……」

「お初でございます」

そうであった、という顔で応じる男に、五味が言う。

「危ないところをお助けいただき、かたじけない」

「よいよい」

男が言うと、五味はお初に顔を向けた。

「お初殿、怪我の手当てを」

裂かれた着物から見える足は痛々しく、血が流れている。

五味は、大事な羽織を惜しげもなく脱いで、お初の傷に押し当てた。

「痛い」

「少しの辛抱です。こうしないと血が止まらない」

必死に手当てをする五味とお初に、町人姿の男が訊く。

「この者たちは、何者だ。見たところ、ただ者ではなさそうだが」

五味に、もういいから、と言ったお初が、肩を借りて立ち上がった。

「おそらく、江戸城に押し入ったひょうたん剣士の配下ではないかと」

「なるほど。して、おぬしたちは何をしようとしていたのだ。信平殿の命で動いていたのであろう」

お初が驚いた。

「どうしてそのことを」

「驚くことはない。おぬしが信平殿の元におるのは、豊後守様から聞いておる。それにな、今日から仲間に加えていただくつもりで、屋敷に向かっていたところだ。上様の命でな」

「では、上様が遣わされる与力とは……」

「さよう。わしじゃ。江戸におらなんだのでちと遅うなったが、いろいろと、土産《みやげ》を持っておるぞ」

男はそう言って、お初に笑みを見せた。

「その傷では役目を果たせまい。信平殿の屋敷へ案内してくれ。どれ、わしが背負うてやろう。ささ、遠慮するな」

男が腰を落として背を向けたので、五味がお初の手を引いた。

「それがしが背負いましょう」

背を向ける五味に、お初が言う。

「歩けるから、肩を貸して」

「その怪我で無理をしないほうがいい」

五味はそう言うと、お初の手を引いて背負った。

「ちょ、ちょっと」

「いいから、いいから。急いで帰って、医者に診てもらわなければ。与力殿、まいりますぞ」

五味は言い、走りだす。

お初は、恥ずかしい気持ちもあったのだが、意外にたくましい五味の背中で気が休まり、身体を預けた。

お初の温《ぬく》もりを背中に感じた五味は、

「しっかり。傷は浅いから大丈夫」

そう言って励まし、信平の屋敷へと急いだ。

二人の後ろを行く与力の男は、抜かりのない目をあたりに向けつつ、赤坂の町を駆け抜けた。

その三人の姿を見守る二つの影があった。宗之介の配下たちだ。

一人が言う。

「間違いない。奴は永井三十郎だ」

「信平の屋敷へ入るぞ」

脇門を潜ろうとした三十郎が、振り向いた。

鋭い目であたりを探っていたが、配下たちは近くにはいない。

三十郎は、門の中に入った。

「すぐに、宗之介様に知らせねば」

「よし」

二人は、ゆっくりその場を離れると、宗之介の元へ走った。

書院の間で与力と対面した信平は、五味からお初と自分の命を助けられたと聞き、まずは礼を述べた。

恐縮した与力は居住まいを正し、信平に頭を下げた。

「永井三十郎と申します。遅れましたこと、どうかお許しください」

「許すも何も、麿は役目を解かれている」

「存じております」

「知っていて、来られたのか」

信平が問うと、三十郎が、したたかそうな笑みを含んだ顔を上げた。

「信平様は、役目を解かれてもなお、ひょうたん剣士一味の正体を探っておられると聞き、上様にお許しを願い、改めて与力を命じられた次第」

「それはありがたい限りじゃ」

「遅れた詫びのしるしに、土産を持ってまいりました。実はそれがし、ここ数年諸国を回って諸大名を調べておりましたが、此度の騒動に繋がることを摑んでおりまする」

「それは、何か」

信平の問いに、三十郎は睨むような目つきで答えた。

「ひょうたん剣士なる者は、単なる殺し屋にすぎませぬ。その後ろには、巨悪がおり申す。その者の名は、神宮路翔」

「麿は初めて耳にする。何者じゃ」

「残念ながら、正体は掴めておりませぬ。が、大名の中には、この男と密かに通じている者がおりまする。ここに、その者の名が記してございます」

信平は、差し出された帳面を受け取り、目を通した。

詳しく調べられている内容を見て、信平が目を見開く。

その顔を見て、三十郎がしたり顔をした。

「今は目立った動きはござらぬが、そこに記した大名を探れば、必ず尻尾を掴めるはず。どうです。いい土産でございましょう」

帳面を閉じた信平は、厳しい顔を三十郎に向けて訊いた。

「備後布田藩も、関わっているのか」

「ほう、さすがですな。布田藩に目を付けておられましたか」

「いや、麿ではない。舅殿じゃ」

「紀州様が？」

「うむ。すでに、密偵を送り込まれている」

「それは危ない。布田藩は、もはや神宮路の手に落ちております」

「繋ぎを取るのは難しい。舅殿が選ばれた者ゆえ、抜かりなくしてくれるとは思うが」

「探索に遣わしたのは、紀州藩の薬込役ですか」

「そうじゃ」

三十郎は言う。

「それならば、戻ってきましょう。領地で不穏な動きがあれば、ただちに潰さねばなりませぬ」

「加納屋も、探らねばならぬ」

「おまかせを」

「戦乱を巻き起こすことは、麿が許さぬ。頼むぞ、三十郎殿」

「はは」

三十郎は、この世の泰平を願う信平の強い想いに触れ、満足そうに両手をついた。

「微力ながら、力になりまする」

第四話　いくさ支度

一

秋の虫の声がする。
一人で月見台に出ていた信平は、行灯《あんどん》の下で永井三十郎のお調べ帳を見ていた。
これに記されている大名が、謀反に加担するのか。
信平には、にわかに信じられぬ大名の名もあった。
だが、三十郎の話では、謀反に加担する大名たちは皆、苦しい財政に喘《あえ》いでいる。
そして、財政難に陥った理由が、公儀にあるという。
謀反を警戒する公儀は、諸大名に力を蓄えさせぬためにあらゆる手段を講じている
のだが、中でも、領地に有益な財源を持っている藩に対しては、江戸城の修復、橋の

架け替え、街道の整備といった大事業を受け持たせて財を出させている。

これに抗えば、公儀に目を付けられてしまい、下手《へた》をすると改易に追い込まれる。

それゆえ、無理をしてでも役目をまっとうするのだが、中には大きな赤字に転落し、商人から借財をしている藩もある。

参勤交代も多額の費用がかかるが、公儀の命で何かと資金を出さねばならぬため、ほとんどの藩が借財を抱えていると言えよう。

借財があるということは、将軍家に反する力を有していないという証となり、公儀から睨まれずにすむ。

そういった風潮もあるがゆえに、五十五万石を誇る紀州徳川家とて多額の蓄財はなく、むしろ、

「御三家の紀州藩といえども、京の大商人から何百万両も借財をしているそうな」

と、知れ渡っているほどだ。

これが真であれば、紀州藩は大変な財政難であろうが、実はそうではない。借りた金には手を付けず、和歌山城の金蔵に隠されている。

その一方で、公儀から厳しく財の放出をさせられる小藩の中には、深刻な財政難に陥っている家があることも確かで、信平の手に渡された帳面に記された大名たちは、

公儀に不満を抱き、謀反に与《くみ》する恐れがあるというのだ。

だが、三十郎が調べた大名はほんの一部にすぎず、他にもいるという。

そして、殺された大目付の本条丹後守が、目星を付けていたはずだというのだ。

本条の用人、日高十左衛門が遺言状を携えてきた時は、そのようなことは言っていなかった。だが、日高が遺言状の存在を知らなかったのと同じで、本条はどこかに、大名の名を記した書き物を残しているかもしれぬ。

それはすでに、本条を暗殺した亮才の手によって奪われ、神宮路翔の手中にあるのだが、信平は、そのことを知らぬ。

今一度、日高に会わなければ。

そう思った信平は、翌朝を待って、三十郎を連れて屋敷を出かけた。

嫡男の家督を許された本条家は、大目付の役を解かれて役宅を召し上げられ、居を本所《ほんじょ》に移していた。

大川を渡った信平が訪ねてみると、日高は用人を退き、屋敷を出ていた。暗殺されてしまったあるじ夫妻を弔《とむら》うために、出家《しゅつけ》していたのだ。

新たに用人となった者から本条家の菩提寺《ぼだいじ》を教えてもらった信平は、浅草に渡り、照厳寺《しょうげんじ》に向かった。

すると、寺の山門に六尺棒を持った役人が立ち、野次馬に睨みを利《き》かせていた。

「何かあったようです。ここでお待ちください」

野次馬の中に信平を入れぬよう三十郎が気をつかい、山門に走った。

止める役人に三十郎が名を告げると、白い狩衣姿の信平を見た役人たちが、神妙な顔で告げた。

信平の元に駆け戻った三十郎が、険しい顔で言う。

「先を越されました。今朝方、曲者が宿坊に忍び込み、日高十左衛門殿が斬殺されたそうです」

「ひょうたん剣士、いや、神宮路翔の仕業《しわざ》か」

信平が言うと、三十郎が眉間に深い皺を寄せて言う。

「あるいは、本条殿が調べていた大名ではないかと。神宮路との繋がりが分かればよいのですが、残念ながら、神宮路が何者なのか、はっきりしたことがつかめておりません」

信平は言う。

「だが、曲者は確実に動いている。ここは焦らず、調べを進めるしかない」

「残るは、浪人を集めていた加納屋と、もうひとつ……」

「何じゃ」

信平が訊くと、三十郎は赤坂の屋敷に戻ることを促し、歩きながら教えた。

「以前、商家に押し入ると見せかけて、奉行所の役人を狙うという事件がございましたな」

「うむ」

「そのことがどうも頭から離れず、今配下の者に命じて、調べさせております」

「三十郎殿には配下がいるのか」

「はい。こう見えても、御公儀の命を受けて諸国を調べておりますので、五十人ばかりの配下を動かしております」

信平は驚いた。

「そのような者が、何ゆえ麿の与力にされるのじゃ」

「それがしは、信平様の元で働けることを喜んでおります。ことに此度の相手は、容易ならざる者でございますので」

「神宮路翔……。麿に敵う相手だろうか」

「弱気になってはなりませぬ。これまで数多の悪人を相手にされてきた信平様だからこそ、上様が期待されておられるのです」

「罷免されてもか」

信平が言うと、三十郎が道を塞いで立ち止まった。

「酒井老中に押されて罷免されましたが、内心では頼られておりまする。それゆえに、それがしを遣わされたのです」

「すまぬ。つい弱気になった」

「世の泰平のためにも、共に、神宮路を倒しましょうぞ」

信平は応じ、先のことを練りなおすために赤坂の屋敷へ急いだ。

帰るとすぐ、善衛門や佐吉たちと膝を突き合わせ、加納屋を探る相談をした。

別室で養生をしているお初の見舞いをしていた五味があとから加わり、信平たちの話を聞いていたのだが、加納屋に潜入することに会話が及ぶと、割って入った。

「それがしは、承服しかねる」

お初に怪我をさせてしまった五味は慎重になり、加納屋に人を潜入させることには大反対した。

「敵の目がどこにあるか分からないのですから、何か他の手を考えるべきですぞ。信平殿……」

お願いします、と言おうとした五味の口を佐吉が手で塞ぎ、強気に出た。

「恐れることはない。殿、ここは、それがしにおまかせを」

五味が顔をそらして手を外し、佐吉の前に出て信平に言う。

「お初殿でも怪我をされたのですぞ。幸い傷は浅かったものの、それはお初殿が猫のようにしなやかで、優れた体技《たいぎ》の持ち主だからです。信平殿と互角に戦ったひょうたん野郎が出てくれば、佐吉殿といえども危ない。他の手を考えるべきです」

佐吉は不服そうな顔をしている。

信平は、すぐには答えが見つからず、考えていた。

と、その時、書院の間の庭に人の気配がした。あまりに突然だったので、信平は驚き、狐丸をにぎって立ち上がった。

気配に気付いていない善衛門や佐吉たちは、信平の行動に驚きの目を向けている。

三十郎が、感心した顔で言う。

「ほほう。さすがですな、信平様。ご安心ください。それがしの手の者です」

狐丸の鯉口を切っていた信平が静かに納めると、庭の片すみから男が現れ、広縁の下で片膝をついた。

町人の身なりをしている若い男は、座っていても隙がない。

三十郎が広縁に出て、

「我が弟子、一斎《いっさい》にございます」

信平に紹介すると、用件を訊いた。

一斎は、三十郎に頭を下げて言う。

「例の商家に、怪しい動きがございます」

三十郎が信平に顔を向け、やはり、という目顔で顎を引いた。

信平も応じる。

三十郎が一斎に顔を向けた。

「して、どのように怪しいのだ」

「役人が斬られた商家の者すべてが、血で汚れた家は縁起が悪いと申して店を売りに出しておりましたが、そのうちの何軒かが、油屋に変わっております」

「油屋？」

「はい」

「他の店は」

「未だ、空き家でございます」

「油屋に変わったのは何軒だ」

「十二軒です」

一斎が地図を開き、場所を指示した。

「これは妙だ」

三十郎が言い、信平に顔を向ける。

信平はうなずく。

「買い手が付いた十二軒すべてが油屋に変わるのは、偶然ではなかろう」

信平の言葉に応じて、善衛門が言う。

「殿、神宮路とやらが絡んでいるとお思いか」

「おそらく」

信平が言うと、三十郎が一斎から地図を受け取り、信平の前で広げた。

「これをご覧ください。油屋に変わった商家は、十二軒。そのうちの八軒の近くには、謀反に与する疑いがある大名の屋敷がございます」

確かに、信平が三十郎から渡された帳面に記されていた大名の上屋敷がある。

怪しいと思った信平は、鈴蔵に油屋を調べるよう命じた。

応じた鈴蔵が立ち上がると、一斎が止める。

「すでに、調べておりまする」

鈴蔵が、静かに座りなおすのを待ち、一斎が告げた。

それによると、油屋はどの店にも数人の用心棒がいるが、怪しい様子はなく、つつがなく商売をしているという。

信平が言う。

「どの店にも浪人が数名いるというのが気になる。三十郎殿、油屋と加納屋に繋がりがあるか、調べてくれぬか」

「承知しました」

三十郎が一斎に命じようとしたのだが、佐吉が立ち上がった。

「殿、それがしにおまかせください」

信平が顔を向ける。

「佐吉、何を焦っている」

「焦ってなどおりませぬ。ただ、殿の役に立ちたいのです」

信平は、三十郎に訊いた。

「一斎は、敵に顔を知られておらぬのか」

「おりませぬ」

信平は、佐吉に顔を向けた。

「佐吉、そういうことだ。ここは控えて、知らせを待て」

家臣の身を案じる信平に、佐吉は従うしかなかった。

不服そうな顔で座る佐吉の肩を善衛門がたたき、落ち着け、という目顔をしている。

一斎が加納屋を調べに走ったので、信平は、皆に待つよう念を押し、自室に入った。

少なくとも数日はかかるだろうと信平は思っていたのだが、一斎は、半日もせぬうちに戻ってきた。

善衛門に呼ばれた信平が、書院の間に入ると、三十郎が言う。

「またも先を越されました。加納屋は、もぬけの殻だったそうです」

信平は、広縁の下に控える一斎に顔を向けた。

「ご苦労だった」

労《ねぎら》うと、三十郎に言う。

「油屋を探らせてくれるか」

「承知しました。一斎、ゆけ」

「はは」

一斎は応じて、油屋を調べに走った。

善衛門が言う。

「どうも、我らの動きが敵に知られているような気がしますな」

信平は、顔を横に振った。

「そうではない。相手の動きが速いのだ。我らがそこに達した時には、すでに、次の段階に入っている。これに追い付き、越さねば、捕らえることはできぬ。どうすればよいか」

信平は考えた。

すると、三十郎が助言した。

「我らは、油屋のそばにある大名家を訪ねてみますか」

善衛門が驚いた。

「謀反の疑いがある大名家にいきなり押しかけて、何をする気じゃ。謀反に与する大名が日高殿を殺したかもしれぬのだ。下手をすると殺されるぞ」

「そこでござるよ。襲ってくれば、その大名を締め上げて、黒幕の正体を暴くまで」

「簡単に言うな。相手は大名ぞ」

善衛門から目線を外した三十郎は、信平に問う。

「いかがしますか、信平様」

「まいろう」

「殿！」

善衛門が、無謀すぎると言って尻を浮かせたが、佐吉が肩を摑んで押さえた。

「ご老体は、お初殿と残っておられよ。殿のことは、わしと鈴蔵が守る」

善衛門が口をむにむにとやる。

「お前たちだけに殿のことをまかせておけるか。それがしもまいるわい！」

「ではそれがしも」

五味が墨染《すみぞめ》羽織を脱いで言うので、信平は止めた。

「そなたは残って、お初を頼む」

「お初殿を？　あ、そう。それじゃ、そうします」

五味は残念そうに言ったが、顔は嬉しそうにほころんでいる。

「では、留守番はそれがしにおまかせあれ」

信平は五味に託した。

善衛門が言う。

「して殿、どちらの大名家にまいられる」

「まずは、陸奥《むつ》山中藩《やまなかはん》にまいる」

「六万石、秋津《あきつ》大和守《やまとのかみ》様にござるか」

「ふむ」

「確かに山中藩は外様でござるが、藩侯は温厚な気性の人物。謀反に加担するとは思えませぬが」

首をかしげる善衛門に、三十郎が言う。

「油断はできませぬ。御公儀から二条城《にじょうじょう》修復の普請を命じられた年に飢饉《ききん》が起こり、山中藩の財政はもはや、年貢の収入だけではどうにもならぬほどに悪くなっております。今のままでは改易にされると焦っている重臣たちは、出費をさせる御公儀を恨んでおっても不思議ではありませぬ。江戸に動乱が起きれば、乗じて立つと思っていたほうがよろしいかと」

「うぅむ」

善衛門は不服そうだったが、反論はしなかった。

信平が言う。

「大和守殿は今、江戸に在府されている。お目にかかれば、屋敷の様子なども含めて真意を量《はか》れよう」

「何が起こるか分かりませぬ。こころしてまいりましょうぞ」

善衛門の言葉に応じた信平は、狐丸を持ち、立ち上がった。

二

芝の森元町《もりもとちょう》にある山中藩の上屋敷に向かっていた信平は、麻布《あざぶ》にある、長州毛利《ちょうしゅうもうり》家《け》下屋敷の塀を左手に見つつ歩んでいたのだが、長い漆喰壁の先にある辻の右側から現れ、左に横切った人物を見るや、咄嗟に走った。

「殿、いかがなされた」

驚いて訊く善衛門に、

「ひょうたん剣士だ」

信平は振り向いて言いながら走り、塀の角で立ち止まる。

気付かれぬように顔を出して見ると、腰に金のひょうたんを下げ、朱鞘の刀を帯びた後ろ姿があった。

追い付いてきた善衛門たちに、

「間違いない。ひょうたん剣士だ」

跡をつけると言って辻から出ようとした信平を、三十郎が止めた。

「狩衣のお姿では気付かれます。ここは、それがしにおまかせください。住処《すみか》を突きとめてまいりましょう」

善衛門が言う。

「まさかあの者、毛利家に行くのではあるまいな」

長州萩藩《はぎはん》三十六万九千石の毛利家は、外様の中でも有力な大大名だ。

三十郎の帳面には記されていなかったのを記憶している信平は、ふと思ったことを口にした。

「大目付の本条殿は、毛利家を探っていたかもしれぬ」

「あり得ますな」

三十郎が厳しい顔で応じた。

「では、のちほど」

三十郎はあたりを見回して道に歩み出た。付かず離れず、宗之介を尾行する。

「一人で大丈夫でしょうか」

頼母が心配した。

「お初殿は、三十郎殿のことをかなりの遣い手だと言われていましたが、わたしにはそう見えませぬ」

「相手は油断ならぬ。二人だと目立つゆえ、ここはまかせよう。三十郎ならば、しくじりはすまい」

信平はそう言うと、善衛門と頼母、佐吉と鈴蔵の四名を従え、山中藩に急いだ。

毛利の下屋敷前を歩いている宗之介は、表門には目もくれずに通り過ぎ、武家屋敷が並ぶ道を進んで南部坂《なんぶざか》を下った。

漆喰壁の角から顔を出した三十郎は、南部坂をくだる宗之介の後ろ姿を、抜かりのない目つきで見ている。

右に曲がっている坂道をくだる宗之介の姿が見えなくなったところで、三十郎は辻から出て、人気のない坂を駆け下った。

坂下には辻番があるので、朱鞘の男がどちらに行ったか番人に訊けば分かる。

そうふんでいた三十郎は、右に曲がる坂道を駆け下りたのだが、途中にある町家の軒先から、宗之介がつと現れた。待ち伏せされたのだ。

三十郎は、何食わぬ顔で通り抜けようとした。しかし、宗之介が不敵な笑みを浮かべて立ちはだかった。

「やっと会えましたね、永井三十郎さん」

自分のことを知られている。

己の行動に自信を持っていた三十郎は、動揺した。

宗之介が、したり顔で言う。

「やだなあ。あなたがいろいろ探っているのを知らないとでも思っているのですか。翔様は、うるさいハエが大嫌いですから、わたしが追い払うことになったのです。悪く思わないでくださいね、ハエさん」

宗之介は屈託のない笑顔で言い、一歩下がった。すると、両側の屋根から黒装束の手下が飛び下り、三十郎を囲む。

背後の敵がいきなり斬りかかった。

三十郎は振り向きざまに抜刀し、敵の腹を斬る。

その隙を突こうとした別の敵を斬り、三人目の敵が投げた手裏剣《しゆりけん》を弾き飛ばして前に進み、胸を貫き、引き抜いた刀を一閃して背後の敵を斬る。

その動き、剣の凄まじさは、信平に劣らぬ強さだ。

「これで終わりか」

三十郎は余裕の顔で言い、宗之介と対峙する。

「何……」

鼻で笑う宗之介。

「この人たちには、困ったものです」

そう言って、倒れて呻く手下を一瞥し、朱鞘の鯉口を切った。

三十郎は、宗之介の凄まじい殺気に押されて飛びすさる。

その眼前に、宗之介が迫る。そして、抜刀術をもって一閃した。

刀で刀を払った三十郎であったが、着地と同時に、右の脇腹に痛みがはしった。

「むう」

浅いが、斬られている。

用心深く、徐々に間合いを空ける三十郎を追わぬ宗之介が、刀を右手に下げ、つまらなそうな息を吐いた。

「翔様が気にするほどだから強い人なのかと思えば、たいしたことないですね。力を入れて損しちゃったなぁ」

馬鹿にする宗之介を睨んだ三十郎が、刀の柄に唾を吐きかけ、にぎりなおす。

「お前こそ、信平殿と互角と聞いていたが、噂ほどではない」

「あの人、わたしより強いのかなぁ」

首をかしげた宗之介が、一瞬隙をみせた。

見逃さない三十郎が、斬りかかる。

「えい！」

袈裟懸けに打ち下ろした一撃を、宗之介は片手のみで受け止めてみせた。余裕の顔をしていたが、すぐに強張《こわば》る。

三十郎は、したり顔で言う。

「貴様のおごりが、命取りだ」

三十郎は刀を袈裟懸けに打ち下ろしたのだが、刀で受け止められた刹那に、左手でにぎっている刀の柄の仕込みを抜き、宗之介の太腿《ふともも》に突き刺していた。

「卑怯《ひきよう》な手を使いますね」

宗之介が、三十郎を押し離す。

足に痛みを感じていないのか、宗之介は平然とした顔で刀を構えなおして言う。

「お前なんか、片足あれば十分」

刀の切っ先を向けた宗之介が、左足一本で前に飛んだ。

速い！

三十郎は一撃をかわしきれず、左の肩を浅く斬られた。

「むう」

血がにじむ肩を押さえて飛びすさったが、宗之介が迫る。

突きから刀を転じて横に一閃し、袈裟懸けに打ち下ろす。凄まじい勢いの連続技で斬りかかられたが、三十郎はかろうじて刃をかわして離れ、きびすを返して逃げた。

足を痛めた宗之介は追わず、怒りを辻灯籠にぶつけて刀を振るった。

苛立ちの声をあげた宗之介の背後で、石の辻灯籠が斜めに割れて崩れる。

「三十郎め、次は殺してやる」

袴を血で汚した宗之介が、殺気に満ちた目を向けて言い、右足を引きずりながら引き上げていく。

その宗之介より間を空けて、跡をつける者がいた。

どこにでもいそうな町人風は、三十郎配下の男だ。


一方、山中藩の屋敷を訪れた信平は、藩主秋津大和守と対面し、謀反の疑いがあることを隠さず話して真意を問うた。

書院の間に同席していた家老は動揺したが、大和守は一笑に付して言う。

「信平殿、貴殿は上様のご名代を罷免されたはず。将軍家縁者といえども、このように無礼なことをされては、黙っておりませぬぞ」

声音は穏やかだが、鋭い眼光を向けてきた。

信平は、武者隠しと廊下に殺気を感じたが、顔色ひとつ変えずに座っている。

「麿は、噂を確かめるためにまいったまで」

真《ま》っ直《す》ぐな目を向ける信平に、大和守は言う。

「それがしが謀反をたくらんでおれば、生きて屋敷を出られぬところですぞ」

「その時は、その時でございます。この命を賭して、謀反を阻むまで」

大和守が身を乗り出し、信平の顔をまじまじと見た。

信平は目を離さず、平然と座っている。

大和守が、根負けしたように息を吐いた。

「美しい面相をしておられるが、まったくもって豪胆《ごうたん》なお方だ。気に入った。信平殿、ご案じめさるな、それがしは、謀反など考えてもおりませぬぞ」

藩主の声に応じるように、信平の周囲から殺気が消えた。

静かに息を吐いた信平が、大和守に問う。

「では、今一度お尋ねします。謀反に与する誘いは、きておりませぬか」

「さて、それがしは知らぬが」

「家老殿は、いかがか」

信平が訊くと、家老は頭を下げて言う。

「一切ございませぬ。我が藩は外様といえども、大坂の陣より将軍家に付き従い、御家存続を第一に励んでおりまする。また近年は財政に苦しみ、参勤交代の費用にもこと欠く次第。戦など、できようはずがございませぬ。いや、たとえ潤沢《じゅんたく》な軍資金があろうとも、我が藩は断じて、謀反など起こしませせぬ」

家老が話しているあいだ、信平は、大和守の顔を見ていた。

その表情から、家老の言葉に嘘はないと見た信平は、大和守に言う。

「お話を聞き、安堵いたしました。されど、将軍家に弓引き、この世に騒乱を起こそうとたくらむ輩が暗躍しておりまする。神宮路翔という名に、聞き覚えはございませぬか」

「初めて耳にする名でござる。その者が、此度の騒動の首謀者でござるか」

信平は、おそらく、と答えて言う。

「これより先、神宮路と名乗る者が大和守殿の前に現れました時は、知らせていただきとうございます」

大和守が、探る顔をして訊く。

「罷免された貴殿に、知らせよと言われるか。それとも、上様から改めて探索の命を受けておられるのか」

「麿の一存で動いております」

大和守は驚いた。そして、信平を見据えて言う。

「では、お伝えすることはできぬ。将軍家縁者といえども、役目がない貴殿に知らせたところで、我が藩に対する疑いは晴れまい。もしもそのようなことがあれば、しかるべきお方に伝えよう。それで、よろしいな」

「しかるべきお方とは」

「公儀大目付殿。いや、稲葉老中ではどうか」

「よろしゅうございます」

「まあ、金がない弱小藩に謀反をもちかける者などおりはせぬだろうから、役には立てまいが」

大和守はそう言って、苦笑いをした。

「お邪魔をしました。では、これにてごめんつかまつる」

信平はあっさり引き下がり、書院の間を辞した。控えの間にいた善衛門たちと落ち合い、藩邸から出る。その間、常に藩士たちの目があったが、突き刺さるような視線ではなかった。

表門から出たところで、善衛門が見送りの藩士に振り向き、しばらく歩んだところで信平に訊いた。

「殿、いかがでござった」

「怪しいそぶりは見られぬ」

「されど、御公儀は疑いの目を向けておるゆえ、三十郎に探らせていたのでござろう」

「麿は、大和守殿が謀反に与するとは思えなかった」

そう言った信平に、頼母が駆け寄って言う。

「わたしも、殿がおっしゃるとおり、怪しいとは思いませぬ。屋敷の様子からしても、財政難というわりには、深刻には思えませんでした」

信平がうなずいたが、善衛門は不思議そうな顔をして問う。

「控えの間におっただけというに、何ゆえ分かるのだ」

「匂い、でしょうか」

「匂いじゃと?」

「はい。潰れそうな家には、なんと申しますか、独特の匂いがあるのです」

「さっぱり分からぬ。どのような匂いなのじゃ」

「強いて言うならば、カビの匂いでしょうか。そして、なんとも、重苦しい空気が家の中に漂っているのです。そういう家は、金銀が近寄らない」

遠くを見る顔で言う頼母に、善衛門は首をかしげ、佐吉は苦笑いを浮かべている。

佐吉が言う。

「算勘《さんかん》に長《た》けた頼母とは思えぬ言葉だ。目に見えぬものを信じるのか」

すると、頼母が真顔を向けた。

「ご冗談を。この目で見て、肌で感じてきたことだからこそ分かるのです。わたしの身近で何軒か潰れた商家や旗本がありましたが、皆、同じような匂いがしていたのです」

頼母は大まじめだ。山中藩の御殿には、そのような匂いは一切なかったと言う。

「山中藩は、潰れる家ではありませぬ。殿が疑われなかったのも、家の中に漂うそういう匂いを感じられなかったからではないですか」

頼母に訊かれて、信平は首をかしげた。

「麿にはよう分からなかった。ただ、大和守殿の様子から、謀反はないと思うたまで」

「さようでございましたか」

頼母は、信平が分からぬと言ったので、少し肩を落としたようだ。自分だけがそう感じてしまうのかと思ったのである。

善衛門が頼母に訊く。

「おぬしの勘働きが正しいなら、山中藩には金銀があるということになる。軍資金もあるな」

「おそらく」

「殿、それでは、三十郎が申したことと話が合いませぬぞ。借財が多いことのみで謀反を疑ったのであれば、とんでもないことでござるが、三十郎は公儀の隠密《おんみつ》。抜かりがあるようには思えませぬが」

「ふむ。三十郎がなんと申すか、そこが気になるところじゃ」

「浮かぬ顔をしておられますな」

善衛門に言われて、信平はひとつ息を吐いた。

「どうも、踊らされている気がしてならぬ。大和守殿に謀反の疑いがあると睨んでいる三十郎も、敵の策にかかっているのかもしれぬ」

善衛門は賛同した。

「それはありますな。いっそのこと、三十郎の帳面をあてにせず、毛利を訪ねてみますか」

「いや、屋敷に戻る。三十郎がひょうたん剣士の住処を突き止めていれば、ただちにそちらに向かう」

「おお、そうですな。では、帰りましょう」

善衛門が足を速めた。

信平はあとに続き、赤坂の屋敷に帰った。


その頃、江戸城を守るべく、大手門前に陣取っている旗本・下田豊前守勝明の元へ使者が駆け込んだ。

神尾佐兵衛、美濃部弾正らがいる中で、下田の家臣が何ごとかを告げた。

目を見開き、床几《しょうぎ》から立ち上がった下田が問う。

「それは確かか」

「はい」

頭を下げる使者を横目に、下田が神尾と美濃部に言う。

「江戸城に踏み込んだひょうたん剣士の隠れ家が分かったぞ。これより我らの手で成敗しにまいろう」

「他の旗本衆に声をかけますか」

神尾が言った。当初は数千の兵が集まっていたが、何ごとも起こらぬので二百余名に減らしていたのだ。

「我らだけで十分だ。少数精鋭で行こうではないか」

「おう」

「我らの力を見せつけてやりましょうぞ」

神尾と美濃部が賛同し、刀を持って陣幕の外に出て、家臣を集めた。

下田を筆頭に、総勢二百余人の侍たちが三隊に分かれて江戸の町へ出ていったのは、日が西にかたむきはじめた頃だった。

先ほどまで晴れ渡っていた空には雨雲が垂れ込め、生ぬるい風が吹きはじめていた。

三

屋敷に帰った信平を待っていたのは、傷付いた三十郎だった。

五味が手当てをしたらしく、居間で信平の前に座る三十郎の腹と肩には、晒が巻かれている。

「それがしとしたことが、油断しました。ひょうたん剣士は、なかなかの腕前ですな」

失態を恥じる笑みを浮かべる三十郎であるが、五味が差し出した薬湯の湯飲みを受け取る時、痛みに顔をしかめた。

「無理をいたすな」

信平が言うと、

「なんの。ほんのかすり傷でございますよ。ひょうたん剣士の足を突き刺してやりましたが、手負いの熊のごとく襲いかかってきました。危うく、殺されるところでございました」

三十郎は言い、苦い薬に顔をしかめた。

善衛門が問う。

「ひょうたん剣士はいかがした。生きておるのか」

「はい。手の者に、跡をつけさせております」

そう言った三十郎が、顔を裏庭に向けた。

「どうやら、帰ってきたようです」

三十郎の言葉に応じるように、町人風の男が庭に現れ、縁側のそばで片膝をついて報告する。

「住処を突き止めました。今、手の者が見張っております」

「ご苦労。場所は」

三十郎の問いに、手の者が答える。

「新両替町二丁目の両替屋、千成屋でございます」

「なるほど。そういうことか」

三十郎が満足そうな笑みを浮かべ、信平に言う。

「それがしがお渡しした帳面に記した大名は、商人から多額の借財をしております。その相手が千成屋。謀反に加担する大名と、将軍の首を狙わんとしたひょうたん剣士が繋がります」

信平は訊いた。

「千成屋と、神宮路翔も繋がっているということか」

三十郎が顎を引く。

「数十年前に世を騒がせたひょうたん剣士は、豊臣を滅ぼした徳川と、豊臣を見捨てた大名を恨んで復讐をいたしました。此度現れたひょうたん剣士がその者とかかわりがあるのであれば、神宮路翔も、徳川と裏切り者の大名家に災いをもたらそうとしているはず。山中藩も、豊臣を見捨てた御家柄でございます」

「その山中藩も、千成屋から借財をしているのか」

「はい。江戸ではなく、国許の店からではございますが、千成屋に違いございませぬ。山中藩は、どのような様子でございましたか」

「磨には、謀反に与するようには思えなかった。そなたが調べるに至ったのは、やはり、千成屋に目を付けていたからか」

「いえ、藩の借財の多さが決め手でございます。千成屋のことは、ただの金貸しと油断しておりました」

善衛門が口を挟んだ。

「裏で糸を引いているのが千成屋だとすれば、山中藩にもなんらかの誘いをしているはず。殿、狸《たぬき》に化かされておるやもしれませぬぞ」

信平は、三十郎に訊いた。

「千成屋のあるじが、神宮路翔であろうか」

「そこは、摑めておりませぬ。千成屋は諸国に店を持っており、それぞれにあるじと名乗る者がおります。神宮路が千成屋を牛耳《ぎゅうじ》っているとしても、誰が本人か分かりませぬ」

「店は、何軒ある」

「分かっているだけで、三十八でございます」

「では、三十八人のあるじがいると」

信平の問いに、三十郎がうなずく。

善衛門が言う。

「江戸の千成屋のあるじを捕らえて、調べるしかありませぬな。殿、これから捕らえにまいりましょうぞ」

「ふむ」

信平は、狐丸を手に立ち上がった。

三十郎が、痛みを堪《こら》えて続こうとするので、信平が止めた。

「無理をいたすな」

「いえ、これしきのこと、なんでもございませぬ。江戸のあるじが神宮路翔やもしれませぬので、どのような男か、この目で確かめとうございます」

信平は、どうしても行くという三十郎を連れて屋敷を出た。

新両替町に到着した時には、すっかり日が暮れてしまい、通りにはちょうちんを提げた人々が行き交っている。

三十郎の配下に案内されて、千成屋がある通りを進むと、一膳めし屋から出てきた別の配下の者が駆け寄った。

その者は、悔しげな顔で三十郎に告げる。

「旗本衆に先を越されました」

「何！」

驚いた三十郎が、痛む腹を押さえて先に進む。

信平たちもそれに続くと、千成屋の表に高ぢょうちんが立てられ、旗本の家臣たちが取り囲んでいた。主家の家紋は、丸に茶の実。

それを見て、善衛門が言う。

「殿、下田豊前守殿ですぞ」

「ふむ。さすがは豊前守殿。麿よりも早く、ここを突き止められたか」

先を越されたと悔しがらぬ信平は、三十郎の配下の者に訊く。

「あるじとひょうたん剣士はどうなったのだ」

「つい先ほどのことゆえ、分かりませぬ」

すると、三十郎が言う。

「つい先ほどだと。それにしては静かではないか」

「はい。争う様子はございませぬ」

「それは妙だ」

三十郎が言うので、信平は店に歩んだ。

狩衣姿の信平に気付いた旗本の家臣たちが険しい顔を向けるので、

「鷹司松平信平じゃ」

名乗ると、一同が頭を下げた。

「豊前守殿はおられるか」

「お待ちください」

応じた家臣が店の中に入ろうとした時、下田が出てきた。神尾と美濃部が共にいる。

家臣が告げるまでもなく、信平に気付いた下田が、険しい顔で歩み寄る。

「信平殿、このようなところで何をしておられます。お役目を罷免されても動いておられると聞きましたが、まさか、千成屋を捕らえに来られましたか」

「そのつもりでしたが、さすがは下田殿。して、首尾は」

下田は、悔しそうにかぶりを振った。

「一足、遅うございました。中は、もぬけの殻です」

それを訊いて、三十郎の配下が驚いて前に出た。

「そんな馬鹿な。我らは、ひょうたん剣士が店に入った時から四方を見張っておりましたが、一歩も外に出ておりませぬ。店の者も、中にいたはずです」

下田が、神尾と美濃部と目を合わせ、怒りに満ちた顔で言う。

「おらぬものはおらぬのだ。たった今、畳を上げて床下まで捜したばかりよ」

その時、店から家臣が出てきて、下田に告げた。

「金蔵の床下に抜け道がございました」

「何！　おのれ！」

声をあげた下田が中に駆け込む。

信平もあとに続き、住居の奥にある金蔵の底に掘られた抜け穴を行くと、三十間堀《さんじっけんぼり》に面した町家に出た。船着き場は軒先だ。

「ここから舟で逃げたか」

下田が、三十間堀に龕灯を向けて悔しがった。

「それにしても妙ですぞ」

神尾が言う。

「我らは、知らせを受けてすぐさま来たのです。店の者がすべて逃げる間など、ありませぬ。昼間は商いをしていたのですから、金蔵にも千両箱があったはず。それを運んで逃げられるとは思えませぬ」

すると、下田が信平に訊いた。

「貴殿の手の者は、いつから見張られていたのか」

これには三十郎が答えた。

「申《さる》の刻（午後四時）頃からです」

「となると、我らが知らせを受けるより早い。さては、気付かれたか」

下田が言うと、神尾と美濃部が、信平に厳しい目を向けた。

下田も、じろりと睨んで言う。

「しくじりましたな、信平殿」

信平は口を引き結んだ。

善衛門が口をむにむにとやり、下田に言う。

「我らの手の者がしくじるはずはござらん。気付かれたのは、そちらのほうでござろう。調べた者に抜かりはなかったか、訊いてみなされ」

「馬鹿な。我らは、江戸城を襲った金のひょうたんを下げた朱鞘の侍が、千成屋に入るのを見たという通報を受けてまいったのだ。そもそも、敵に怪しまれるようなことはしておらぬ」

善衛門は押し黙ったが、信平が訊く。

「通報したのは、町の者ですか」

「さように聞いております」

「その者は、どこの誰です」

「いちいち聞いてはおりませぬ」

信平は焦った。

「今、大手門前は誰が守っておられますか」

そう訊くと、下田がはっとした。

「誰もおりませぬ」

「それが、狙いやも」

信平に言われて、下田は大声をあげた。

「しまった。者ども！　すぐに戻るぞ！」

神尾と美濃部が応じ、手勢を率いて江戸城に走る。

「我らもまいろう」

信平は言うと、皆と共に城へ急いだ。

夜の町を走り抜け、数寄屋橋《すきやばし》御門から曲輪内に入った信平たちが大手門へ行くと、大手門前は静かなもので、何ごとも起こっていなかった。

馬を馳せて先に着いていた下田が、

「人騒がせな」

信平に、迷惑そうに言う。

神尾が、まあまあ、と下田を抑え、胸を張って言う。

「我らが城の守りに就いてからというもの、曲者はなりを潜めておりました。ひょうたん剣士の一味は、悪事をあきらめて江戸から去ったのでござろう」

「それがしも、そう思いますぞ」

美濃部が同調すると、下田もそう思ったらしく、大きな息を吐いて気分を落ち着かせた。

「それならばよいのだが、油断は禁物だ。念のため、我らは朝までここを守る。信平殿は、屋敷でゆるりと休まれよ」

そう言って下田が陣幕の中に入った時、大手門前に風が吹いた。

空は雲に覆われて星ひとつ出ていないが、長らく雨が降っていないので風が吹くと埃っぽくなり、目を開けるのが辛いほどだ。

善衛門が袖で顔を隠しながら言う。

「殿、屋敷に戻りましょうぞ」

「ふむ」

信平は返事をしたものの、どうも、胸に残るものがあった。

そして、陣幕を激しく揺らす強い風の音を聞いているうちに、ある思いに達したのである。

「三十郎」

「はい」

「一斎は、まだ戻らぬか」

三十郎は、信平が言わんとしていることに気付き、配下に命じる。

「すぐに一斎と繋ぎを取れ」

「はは」

闇に紛れて配下の者が去ると、信平は、下田の陣へと足を踏み入れた。

四

吹き荒れる生暖かい風は、丑《うし》の刻（午前二時頃）になっても止《や》まなかった。

牛込神楽坂《うしごめかぐらざか》の隠れ家にいる翔は、昼間ならば江戸の町を見渡せる建家《たてや》の一室に座り、ゆるりと酒を飲んでいた。

雨戸を揺らす音に、

「良い風だ」

と言い、空いた盃を膳に戻すと、立ち上がった。

閉《た》てられた雨戸を開け、吹き込む風に目を細める。

翔は、この風を待っていた。

「軍司、はじめよ」

「はは」

控えていた軍司が頭を下げ、階下に向けて手を打ち鳴らした。

段梯子《だんばしご》の下で待っていた者が隠れ家から走り出て、火除《ひよ》けの空地に向けてちょうちんを振る。

強風が吹く夜空に光の玉が打ち上げられたのは、その直後だ。

夜空に輝く閃光《せんこう》は、浅草阿部川町《あべかわちょう》からも見える。

油屋の屋根に上がり、合図を待っていた者が、屋根から飛び下りた。

住居の中には、近くにある外様大名、筑後柳川藩立花《ちくごやながわはんたちばな》家の旗指物《はたさしもの》を着けた武者たちが潜んでいる。

十万九千六百石の柳川藩立花家は、関ヶ原で石田三成の西軍が敗北するや、大坂城に籠もって動かぬ豊臣方に出陣を促したが叶わず、見切りをつけて九州の領地へ逃げ帰った。その後浪人となったのだが、豊臣の誘いには応じず徳川家康の臣下となって、大坂城の豊臣秀頼を攻め滅ぼした過去を持つ。

甲冑を纏い、油屋に潜む者は、徳川に忠誠を誓う立花家の者ではなく浪人である。

また、別の場所には、立花家のように、豊臣恩顧でありながら豊臣秀頼を見捨てた大名家の家紋を着けた兵たちが、行動の時を待っている。

翔は、豊臣を見捨てた大名たちを改易に追い込むべく、罠《わな》にかけようとしているのだ。

甲冑を着けた翔の配下が、立花家の旗指物を着けた浪人どもの前に立ち、太刀を抜いた。

「いよいよ我らが動く時だ。立花の屋敷に火を放つと同時にここを出て、手筈どおりに城を目指せ。よいか、我らの世にするためには、この一戦にすべてがかかっておる。捕まれば死、あるのみじゃ。命尽きるまで戦おうぞ」

「おう！」

徳川幕府によって主家を失い、地を這うような暮らしを強いられてきた浪人たちの士気は高い。

打倒徳川。

これを唱えてきた者たちは、出陣の声に応じて油屋から走り出るべく、その時を待っている。数は二百。ここだけを見ると少ないが、江戸中に散らばるそれぞれの油屋からも、豊臣を裏切った大名家の兵に扮した翔の兵たちが出陣の時を待っている。

その者たちがことを起こせば、公儀は外様大名の謀反を疑う。たとえ潔白《けっぱく》だと分かろうが、外様大名を潰すための口実になるのは間違いなく、隙あらば、と目を光らせている公儀にとっては、願ってもない出来事だ。

そして、信平に潔白を訴えた陸奥山中藩の秋津大和守も、翔に目を付けられていたのである。

芝の森元町にある藩邸の近くには、翔の手の者によって押し込まれ、救済に駆け付けた町奉行所の者たちが大勢斬られた蠟燭問屋があったのだが、今は油屋に変わり、山中藩の兵に化けた浪人どもが出陣を待っていた。

その数二百五十人。

広い店と住居、そして庭にまで浪人どもがひしめき、合図を待っていた。

神楽坂で上げられた合図は、物見役が知らせにくる手筈になっているのだが、刻限を過ぎても戻らなかった。

「遅い!」

誰かがそう言った時、裏木戸が蹴破られ、仲間の浪人が駆け込んだ。

「手が回った。逃げろ!」

「何!」

「旗本が来る。急げ!」

浪人は言ったが、甲冑を纏った翔の配下が叫ぶ。

「逃げるな! 旗本を蹴散らし、山中藩の謀反と見せかける。まいるぞ!」

「おう!」

皆が団結して、油屋から出た。

槍を持ち、通りを進もうとした先頭の者が、目を見開いて立ち止まる。

「うっ！」

高ぎょうちんを掲げた旗本の手勢が行く手を塞いでいる。

明かりの下では、鉄砲隊が火縄をくゆらせ、狙いを定めていた。

翔の配下が、怒りの目を向ける。

「怯《ひる》むな！　突っ込め！」

軍配を振るや、浪人たちが気合をかけて突っ込む。

町に銃声が轟《とどろ》き、数名の浪人たちが倒れた。

「それ！」

旗本の頭が命じ、手勢が突っ込む。

通りで旗本の手勢と浪人たちが激突し、乱戦がはじまった。

翔の配下は、その隙に手勢を率いて別の通りへ走った。

「手筈どおり、町に火を放つ。騒ぎに乗じて、山中藩の謀反と見せかけるのだ」

命じながら走り、藩邸の前まで行った翔の配下は、息を呑んで立ち止まった。

白い狩衣を纏った信平が、佐吉たちと共に現れ、行く手を塞いだのだ。

信平が言う。

「ここから先へは行かせぬ」

「押し通る！」

翔の配下が怒鳴り、軍配を振る。

応じた者たちが、槍を構えて突撃した。

「おう！」

佐吉が大太刀を抜いて走り、善衛門と頼母が続く。

大太刀を振るって槍を薙《な》ぎ払った佐吉の体当たりを食らった兵が吹き飛ばされ、敵の出端をくじく。

「おりゃあ！」

善衛門が左門字を振るい、襲いかかる敵を斬り倒した。

頼母が浪人者と鍔迫《つばぜ》り合いになり、押されていた。

頼母を押し斬らんとしている敵の背後を、信平が疾風のごとく走り抜ける。

「うっ」

背中を狐丸で打たれた敵が怯んだ隙を突き、頼母が押し返して倒す。

油樽を担いでいた者どもは、信平たちの並外れた強さに恐れおののき、その場に捨てて逃げた。

「く、おのれ」

翔の配下が軍配を捨て、抜刀した。

太刀を構える翔の配下の前には、右手に狐丸を下げた信平がいる。

美しい立ち姿だが、凄まじいまでの剣気を放つ信平。

だが、翔の配下は臆さず刀を構え、前に出る。

「むん！」

打ち下ろされた太刀は威力があり、その刃風は、一刀をかわした信平の頰にまで伝わった。

「戦国伝来のいくさ剣法だ。公家の剣など、わしには通じぬ」

言うや、猛然と斬りかかった。

「むん！　おう！」

空を斬る音を響かせ、太刀が信平を襲う。

休みなく斬り込まれる武将の太刀を、信平は狩衣の袖を振り、身を転じてかわした。

「逃げるので精一杯か。だが、続かぬ」

武将は勝ち誇って言うが、攻撃をかわす信平の涼やかな目は、武将に向けられ続けている。

それに気付いた武将が、信平に恐怖を覚えて離れた。

「お、おのれ!」

こんなはずはない。

苛立ちの声をあげた武将が、渾身《こんしん》の力を太刀に込めて襲いかかる。

応じた信平が、地を蹴って前に飛ぶ。

両者がすれ違った。と、思った刹那、狐丸で鎧《よろい》を割られた武将が腹を押さえて呻き、膝から崩れ伏した。

狐丸を静かに納刀した信平は、倒れている者たちを一瞥し、歩み寄る佐吉に顔を向けて言う。

「息のある者たちを、市中見廻組へ引き渡せ」

「承知」

佐吉が応じ、頼母と共に縄をかけて回った。

神楽坂に隠れ、火の手が上がるのを待っている翔が、軍司に言う。

「これで、立花をはじめとする八人の外様大名が改易となろう」

「このたび狙いを定めた大名が改易となれば、多くの者が浪人となりましょう。その者どもを雇えば、少なくとも二万の兵を集められます」

「わたしに賛同する大名どもと、たたら場から送られて来る武器を合わせれば、徳川は終わりだ」

「御意」

「たたら場の仕事を急がせろ。いくさ支度が整えば、我らの圧勝だ」

応じた軍司が下がろうとした時、段梯子を駆け上がる者がいた。黒装束を纏った亮才が、座敷の入り口に片膝をつく。

軍司が、厳しい目を向けると、

「してやられました」

亮才が言い、策の失敗を告げた。

各油屋に集結していた翔の兵は、大名屋敷から火の手が上がるのを待っていた。手筈どおりに店から油を運び出し、近くの大名屋敷に向かっていた亮才の配下たちであったが、突如現れた旗本衆に囲まれ、取り押さえられたのだ。

同時に、別動隊が油屋を囲んで押し入り、大名の兵に化けた浪人どもと乱戦の末に、一網打尽にしていた。

散々な結末を知り、軍司は声も出ない。

部屋に座る翔は、顔色を変えず、むしろ余裕の表情で問う。

「我らの策を阻むとは、なかなかやるではないか。永井三十郎か」

「いえ、旗本衆数千の兵を動かしたのは、鷹司松平信平でございます」

亮才の言うとおりだった。

明暦《めいれき》の大火を経験している信平は、風が強い夜は惨事を思い出す。その脳裏に、怪しい油屋の存在が重なったのだ。

三十郎に命じて一斎と繋ぎを取らせたところ、油屋に浪人が集まっていることが判明した。

その前に、下田の陣に入った信平は、江戸が大火に包まれると説き伏せ、数千の兵を集めていたのだ。

同時に攻め込まれて一網打尽にされたと知った翔は、何も言わず、静かに酒を含んだ。その眼光は鋭い。

盃を置いた翔は、ふっ、と、笑みを含んだ息を吐き、軍司に言う。

「もはや、江戸にいる意味はない。一旦長崎に戻るぞ」

「舟の支度は整ってございます」

翔が応じ、右手の襖《ふすま》に顔を向けて言う。

「宗之介、出てこい」

ゆるりと襖が開けられ、宗之介が傷を負った足を引きながら出てきた。

珍しく神妙な顔をして、翔に言う。

「三十郎を殺しそこねたわたしのせいです。ごめんなさい」

「悪いと思っているなら、二度としくじるな、亮才、お前は江戸に残り、信平と三十郎を殺せ」

「三十郎は仕留めまする。翔様の邪魔をした信平には、死よりも辛い仕置きをしてやりましょう」

「何をする気だ」

翔が言うと、亮才は血走った目を向け、白い歯を見せた。

「信平がもっとも守りたい命を二つ、奪ってやりまする」

宗之介が、亮才に軽蔑《けいべつ》の眼差しを向けた。

「まさか、妻子を殺すつもりなのかい」

「いかにも」

「いやな人だなぁ、亮才さんは」

「最高の褒め言葉だ」

くつくつと笑う亮才に、宗之介は呆れた。

翔は、鋭い目を向けて言う。

「紀州の屋敷に忍び込むのか」

「はい。手筈は整えてございます」

「ふん、お前らしいな。好きにしろ」

「はは」

亮才が隠れ家から去ると、翔は宗之介と軍司と共に神田川へ行き、舟で大川へくだると、江戸湾で待つ船を目指した。

五

まる一日、何ごともなく過ぎた。

昨夜の風が嘘のように、静かな夜だった。

紀州徳川家の奥御殿では、松姫が休む寝所の次の間には侍女たちが控え、廊下は、薙刀《なぎなた》を携えた奥女中たちが警戒の目を光らせている。

さらに、庭には薬込役の女たちが潜み、堅い守りが敷かれていた。にもかかわらず、神楽坂の隠れ家を発した亮才は、紀州屋敷の奥御殿に忍び込んだ。下女として屋敷に紛れ込ませていた手下が、手引きをしたのだ。

江戸城で宗之介を阻んだ信平が、翔にとって邪魔な存在になるとふんだ亮才が、忍び込ませていた女である。

その手下の女は、外からの合図に応じて動き、江戸城の者たちを眠らせたものと同じ煙薬を使い、警固の女たちを眠らせた。

忍び込んだ亮才が、庭に倒れる女たちを横目に奥御殿へ歩み寄ると、待っていた女が松姫の寝所に案内した。

音もなく忍び込んだ亮才は、松姫の枕元に立った。

暗い寝所の中で、静かに眠る女の寝息がして、顔の輪郭が浮かんでいる。

大目付の本条もろとも、奥方をあの世に送った時のことを思い出した亮才は、炯々《けいけい》たる目で見下ろし、忍び刀をすらりと抜く。

「信平を恨め」

言うや、松姫の胸を狙って刀を突き入れた。

刃が夜着《よぎ》を貫いた時、

「むう」

その手ごたえに驚いた亮才が、刀を引き抜いて警戒した。

「謀《はか》られたか」

そう言った時には、眠っていたはずの松姫が立ち上がり、亮才と対峙した。

目を細める亮才。

「貴様、松姫ではないな。忍びか」

「………………」

無言で小太刀を構えるのは、お初だ。

松姫が暮らす奥御殿を探る女がいることに気付いて怪しんだのは、佐吉の妻国代だった。

だが、紀州徳川家に仕える者を疑っては無礼だと思った国代は、赤坂に走り、お初に相談していたのだ。

亮才が、手引きした手下の女を睨む。

「しくじったか」

女は亮才を恐れ、帯から刃物を抜いてお初に襲いかかった。

お初は刀で刃を弾き上げ、相手の腹を峰打ちした。

女は呻いたものの、お初に斬りかかり、鍔迫り合いになった。

腹の痛みのせいで、女は力負けしている。

その女の胸から、大刀の切っ先が突き出た。

鍔迫り合いをしていたお初は、危うく胸に深手を負わされるところだったが、切っ先は僅かに届かなかった。

刀を引き抜かれると、女は瞼を見開き、横向きに倒れた。

その背後に立っていた亮才が、女を見て役立たずめ、と吐き捨て、舌打ちをしてお初を睨む。

お初は、仲間を平気で殺す亮才に軽蔑の眼差しを向けた。

ほくそ笑んだ亮才が刀を構え、斬りかかった。

刀で刃を受け止めたお初であるが、腹を蹴られて次の間まで飛ばされた。

離れず追った亮才が、

「遊んでいる暇はない」

そう言って、お初を斬ろうとした時、廊下の凄まじい気配に気付いて目を向けた。

月明かりを背にしている人影は、狩衣を纏っている。

「む、信平」

亮才は言うや前に飛び、信平に襲いかかった。

「死ね！」

手裏剣を擲《なげう》つ。

信平は狩衣の袖を振るって手裏剣を弾き飛ばし、斬りかかってきた亮才の刀を、身体を転じてかわした。と、同時に、亮才の背中を肘《ひじ》で打つ。

庭まで飛ばされた亮才が、身体を低くして油断なく構えた。

信平が庭に飛び下り、亮才に言う。

「大目付を殺したのはお前か」

「いかにも。すぐに、同じ所へ送ってやろう」

言った亮才が、凄まじい剣気を放ち、襲いかかった。

下から突き上げられる一撃を飛びすさってかわした信平が、着地と同時に、地を蹴って前に飛んだ。その速さに怯んだ亮才が刀を振るったが、狐丸を抜刀した信平は、柄をにぎる亮才の手の甲を斬った。

「く、おのれ」

刀を落とした亮才が、細い刃物を抜いた。

信平は亮才の間合いに飛び込んで腹を打ち抜けて背後を取り、狐丸で首を峰打ちにした。

雷《かみなり》に打たれたように背をそらせた亮才は、立ったまま気絶し、大の字に倒れた。

倒れた亮才を見下ろしながら狐丸を鞘に納めた信平は、息を吐いた。

「見事じゃ！」

声をあげたのは、表御殿から駆け付けた頼宣だ。

頼宣側近の戸田外記《とだげき》が配下に指図し、亮才に猿ぐつわを噛ませて縄をかけた。

お初が亮才の持ち物を調べ、着物に忍ばせていた毒の丸薬を取り出した。

頼宣が言う。

「その者どもを御公儀に突き出して、厳しい調べをさせろ。なんとしても、敵の正体を吐かせるのじゃ」

「はは」

戸田が応じ、配下の者に命じて亮才と女を長持に押し込み、念入りに蓋《ふた》を縄で縛って運び出した。

信平が、頼宣に片膝をつく。

「曲者を見抜いていただき、ありがとうございました。おかげさまで、松と福千代が救われました」

「礼などいらぬ。初めに気付いたのは、そなたの家臣の妻じゃ。それより婿殿、このことは、姫には伝えておらぬ。福千代をわしの寝所で寝させたいと申して表御殿で休ませておるのだ。このまま内密にしておこうと思うが、よいか。命を狙われたと知れば、ここにいても同じだと申して、そなたの元へ帰りたがるであろうからな。此度は曲者と知らずに女を雇うたが、次はない。下男下女にいたるまで、新参者は一切入れぬゆえ、安心して預けてくれぬか」

「はい」

先のことを案じた信平は、愛する妻子を頼宣に託した。

安堵の息を吐いた頼宣が、厳しい顔で信平に言う。

「布田藩を調べている川村弥一郎から知らせが来たぞ」

「いかがでございましたか」

「恐ろしい速さで山を切り崩し、大量の鉄を造っておるらしい。問題は、その鉄が売りに出されておらぬことじゃ。我が領地から鍛冶職人がいなくなったことを思うと、これは、放ってはおけぬ」

「ご禁制の鉄砲を密造するとお考えですか」

信平の言葉に、頼宣は渋い顔で答える。

「弥一郎の次なる知らせで明らかになろうが、どうも、いやな予感がしてならぬ。婿殿、上様は必ず、そなたの力を頼ってこられる。拒めとは言わぬが、此度の相手はただ者ではない。松と福千代を泣かしてはならぬ。決して、油断するなよ」

「はは」

「人手が必要な時は遠慮せず頼れ。よいな」

信平は恐縮して応じ、頭を下げた。

「妻子の顔を見て、赤坂に戻ります。では」

「うむ」

信平は頭を下げて頼宣の前から去り、表御殿で眠る松姫と福千代のところへ行った。

起こさぬように二人の寝顔を見ているうちに、愛《いと》しい人を失う恐怖が芽生えた。

国代が気付いてくれなければ、今頃はどうなっていたであろうか。関わらなければ、命を狙われることもなかったであろう。そう思うと、胸が苦しくなる。

だが、悪を野放しにはできぬ。

すまぬ。

信平はこころの中で松姫に詫びて、立ち去ろうとした。

その信平の手を、柔らかくて温かい手が掴み、引き戻した。

「松、すまぬ、起こし……」

信平が言い終えぬうちに、松姫が唇を重ねてきた。

信平の胸に、顔を寄せて言う。

「お会いしとうございました。もう少しだけ、このままで」

夜中に来た理由を訊かぬ奥ゆかしい妻を、信平は、きつく抱きしめた。

松姫が、優しい声で言う。

「決して、無理はなさらないでください。福千代と共に、お待ちしていますから」

信平は松姫の目を見て微笑み、口づけをした。


二日後、将軍家綱に呼ばれた信平は、善衛門と共に江戸城本丸に上がり、黒書院に通された。

神宮路翔の暴挙を未然に防いだのが信平の働きであることは、すでに善衛門の口から伝えられており、信平の減封を訴えていた酒井雅楽頭は、手の平を返したような笑みで迎えた。

「此度は、信平殿のおかげで大火を免れた。上様から良い知らせがござるぞ」

信平は酒井に顔を向けず、老中たちの前で頭を下げる。

「この世を乱そうとたくらむ者が、次に何をしてくるか分かりませぬ。決して、油断なされませぬように」

釘《くぎ》を刺すと、酒井が真顔で応じた。

信平は、頼宣から聞いた布田藩のことは、真相がはっきりしないのでここでは口にしなかった。

油屋に潜んでいた者たちを捕らえ、拷問《ごうもん》をしていた公儀であるが、金で雇われていた者たちばかりで、神宮路翔については何ひとつ分かっていない。

それだけに、信平が口にした不安は、老中たちにも重くのしかかる。

そこへ、計ったように家綱が現れた。

善衛門と共に頭を下げる信平に、家綱が声をかける。

「信平、此度もまた、そなたに助けられたな。苦しゅうない。両名とも面《おもて》を上げよ」

「はは」

「ははあ」

信平に続いて善衛門が大声で応じ、頭を上げた。その顔には、家綱に懇願する色が浮かんでいる。

家綱は善衛門を一瞥し、信平に言う。

「信平、そなたには、余の名代をさせたいと思うていたが、一部の者から思わぬ反発があり、不快な思いをさせた。許せ」

信平は、かぶりを振ってうつむいた。

家綱が改めて告げる。

「信平、仔細《しさい》は善衛門から聞いておる。そなたには、やはり力になってもらいたい。譜代の者ではないゆえ表立った役目を与えられぬのが悔しいが、神宮路翔の悪事を暴き、阻止してくれぬか」

「元より、そのつもりでございます」

「うむ。では、そなたにこれを授ける」

家綱は上段の間から下りて信平の前に座り、自らの手で目録を渡した。

「所領千石加増に加え、役料三千石を与える。永井三十郎と力を合わせて、神宮路を倒してくれぬか」

「はは。承知つかまつりました」

信平は快諾し、頭を下げた。

家綱が言う。

「これと思う家臣を一刻も早く増やし、屋敷の守りを固めよ。さすれば、紀州に預けておる妻子を、呼び戻せるであろう」

驚いて顔を上げた信平に、家綱は、真顔でうなずいた。

役料三千石は一時のものとはいえ、合わせて六千四百石の大身旗本となった信平は、この世に暗躍をはじめた悪と戦う決意を新たに、江戸の町へ歩み出た。

ゆく先の空には、一雨来そうな雲が棚引いていた。

本書は『将軍の首　公家武者　松平信平14』（二見時代小説文庫）を大幅に加筆・改題したものです。

|著者|佐々木裕一　1967年広島県生まれ、広島県在住。2010年に時代小説デビュー。「公家武者　信平」シリーズ、「浪人若さま新見左近」シリーズのほか、「若返り同心　如月源十郎」シリーズ、「身代わり若殿」シリーズ、「若旦那隠密」シリーズなど、痛快かつ人情味あふれるエンタテインメント時代小説を次々に発表している時代作家。本作は公家出身の侍・松平信平が主人公の大人気シリーズ、その始まりの物語、第14弾。

将軍《しょうぐん》の首《くび》　公家武者信平《くげむしゃのぶひら》ことはじめ（十四）
佐々木裕一《ささきゆういち》

2023年12月15日第1刷発行

講談社文庫
定価はカバーに
表示してあります

発行者――髙橋明男
発行所――株式会社　講談社
東京都文京区音羽2-12-21　〒112-8001
電話　出版（03）5395-3510
販売（03）5395-5817
業務（03）5395-3615

KODANSHA

Printed in Japan

デザイン―菊地信義
本文データ制作―講談社デジタル製作
印刷―――株式会社KPSプロダクツ
製本―――株式会社国宝社

ISBN978-4-06-533142-2

講談社文庫刊行の辞

二十一世紀の到来を目睫に望みながら、われわれはいま、人類史上かつて例を見ない巨大な転換期をむかえようとしている。

世界も、日本も、激動の予兆に対する期待とおののきを内に蔵して、未知の時代に歩み入ろうとしている。このときにあたり、創業の人野間清治の「ナショナル・エデュケイター」への志を現代に甦らせようと意図して、われわれはここに古今の文芸作品はいうまでもなく、ひろく人文・社会・自然の諸科学から東西の名著を網羅する、新しい綜合文庫の発刊を決意した。

激動の転換期はまた断絶の時代である。われわれは戦後二十五年間の出版文化のありかたへの深い反省をこめて、この断絶の時代にあえて人間的な持続を求めようとする。いたずらに浮薄な商業主義のあだ花を追い求めることなく、長期にわたって良書に生命をあたえようとつとめるところにしか、今後の出版文化の真の繁栄はあり得ないと信じるからである。

同時にわれわれはこの綜合文庫の刊行を通じて、人文・社会・自然の諸科学が、結局人間の学にほかならないことを立証しようと願っている。かつて知識とは、「汝自身を知る」ことにつきていた。現代社会の瑣末な情報の氾濫のなかから、力強い知識の源泉を掘り起し、技術文明のただなかに、生きた人間の姿を復活させること。それこそわれわれの切なる希求である。

われわれは権威に盲従せず、俗流に媚びることなく、渾然一体となって日本の「草の根」をかたちづくる若く新しい世代の人々に、心をこめてこの新しい綜合文庫をおくり届けたい。それは知識の泉であるとともに感受性のふるさとであり、もっとも有機的に組織され、社会に開かれた万人のための大学をめざしている。大方の支援と協力を衷心より切望してやまない。

一九七一年七月

野間省一

講談社文庫 最新刊

パトリシア・コーンウェル
池田真紀子 訳
禍根 (上)(下)
ケイ・スカーペッタが帰ってきた。大ベストセラー「検屍官」シリーズ5年ぶり最新邦訳。

桃戸ハル 編・著
5分後に意外な結末
〈ベスト・セレクション 銀の巻〉
たった5分で楽しめる20話に加えて、たった5秒の「5秒後に意外な結末」も収録!

砂原浩太朗
黛家の兄弟
政争の中、三兄弟は誇りを守るべく決断する。神山藩シリーズ第二弾。山本周五郎賞受賞作。

田中芳樹
創竜伝15
〈旅立つ日まで〉
竜堂四兄弟は最終決戦の場所、月の内部へ。大ヒット伝奇アクションシリーズ、堂々完結!

風野真知雄
魔食 味見方同心(一)
〈豪快クジラの活きづくり〉
究極の美味を求める「魔食会」の面々が、事件を引き起こす。待望の新シリーズ、開始!

森 博嗣
妻のオンパレード
〈The cream of the notes 12〉
常に冷静でマイペースなベストセラ作家の100の思考と日常。人気シリーズ第12作。

講談社文芸文庫

高橋源一郎
君が代は千代に八千代に
解説＝穂村 弘　年譜＝若杉美智子・編集部
たN5
「この日本という国に生きねばならぬすべての人たちについて書くこと」を目指し、ありとあらゆる状況、関係、行動、感情……を描きつくした、渾身の傑作短篇集。
978-4-06-533910-7

大澤真幸
〈世界史〉の哲学 3 東洋篇
解説＝橋爪大三郎
おZ4
十二世紀頃、経済・政治・軍事、全てにおいて最も発展した地域だったにもかかわらず、覇権を握ったのは西洋諸国だった。どうしてなのだろうか？ 世界史の謎に迫る。
978-4-06-533646-5

講談社文庫　目録

西條奈加　まるまるの毬《いが》
西條奈加　亥子《いのこ》ころころ
佐伯チズ　改訂完全版 佐伯チズ式「完全美肌バイブル」〈123の肌悩みにズバリ回答！〉
斉藤　洋　ルドルフとイッパイアッテナ
斉藤　洋　ルドルフともだちひとりだち
佐々木裕一　公家武者 信平《のぶひら》〈消えた狐丸〉
佐々木裕一　逃げた名馬〈公家武者 信平㈡〉
佐々木裕一　比叡山の鬼〈公家武者 信平㈢〉
佐々木裕一　公卿《くぎょう》の罠《わな》〈公家武者 信平㈣〉
佐々木裕一　狙われた旗本〈公家武者 信平㈤〉
佐々木裕一　赤い刀身〈公家武者 信平㈥〉
佐々木裕一　帝《みかど》の刀匠《とうしょう》〈公家武者 信平㈦〉
佐々木裕一　若君の覚悟〈公家武者 信平㈧〉
佐々木裕一　くもの頭領〈公家武者 信平㈨〉
佐々木裕一　宮中の誘い〈公家武者 信平㈩〉
佐々木裕一　雲雀《ひばり》の太刀〈公家武者 信平(十一)〉
佐々木裕一　決着の鬨《とき》〈公家武者 信平(十二)〉
佐々木裕一　姉妹の絆〈公家武者 信平(十三)〉
佐々木裕一　町くらべ〈公家武者 信平(十四)〉

佐々木裕一　狐のちょうちん〈公家武者信平ことはじめ㈠〉
佐々木裕一　姫のため息〈公家武者信平ことはじめ㈡〉
佐々木裕一　四谷の弁慶〈公家武者信平ことはじめ㈢〉
佐々木裕一　暴れ公卿〈公家武者信平ことはじめ㈣〉
佐々木裕一　千石の夢〈公家武者信平ことはじめ㈤〉
佐々木裕一　妖《あや》し火〈公家武者信平ことはじめ㈥〉
佐々木裕一　十万石の誘い〈公家武者信平ことはじめ㈦〉
佐々木裕一　黄泉《よみ》の女〈公家武者信平ことはじめ㈧〉
佐々木裕一　将軍の宴〈公家武者信平ことはじめ㈨〉
佐々木裕一　宮中の華〈公家武者信平ことはじめ㈩〉
佐々木裕一　乱れ坊主〈公家武者信平ことはじめ(十一)〉
佐々木裕一　領地の乱〈公家武者信平ことはじめ(十二)〉
佐々木裕一　赤坂の達磨《だるま》〈公家武者信平ことはじめ(十三)〉
佐藤　究《きわむ》　Q　J　K　J　Q
佐藤　究　A　n　k..〈a mirroring ape〉
佐藤　究　サージウスの死神
佐野　晶／三田紀房・原作　小説アルキメデスの大戦
澤村伊智　恐怖小説キリカ
さいとう・たかを／戸川猪佐武 原作　歴史劇画 大宰相〈第一巻 吉田茂の闘争〉

さいとう・たかを／戸川猪佐武 原作　歴史劇画 大宰相〈第二巻 鳩山一郎の悲運〉
さいとう・たかを／戸川猪佐武 原作　歴史劇画 大宰相〈第三巻 岸信介の強腕〉
さいとう・たかを／戸川猪佐武 原作　歴史劇画 大宰相〈第四巻 池田勇人と佐藤栄作の激突〉
さいとう・たかを／戸川猪佐武 原作　歴史劇画 大宰相〈第五巻 田中角栄の革命〉
さいとう・たかを／戸川猪佐武 原作　歴史劇画 大宰相〈第六巻 三木武夫の挑戦〉
さいとう・たかを／戸川猪佐武 原作　歴史劇画 大宰相〈第七巻 福田赳夫の復讐〉
さいとう・たかを／戸川猪佐武 原作　歴史劇画 大宰相〈第八巻 大平正芳の決断〉
さいとう・たかを／戸川猪佐武 原作　歴史劇画 大宰相〈第九巻 鈴木善幸の苦悩〉
さいとう・たかを／戸川猪佐武 原作　歴史劇画 大宰相〈第十巻 中曽根康弘の野望〉
佐藤　優　人生の役に立つ聖書の名言
佐藤　優　戦時下の外交官〈ナチス・ドイツの崩壊を目撃した吉野文六〉
佐藤　優　人生のサバイバル力
斉藤詠一　到達不能極
斉藤詠一　クメールの瞳
佐々木　実　竹中平蔵 市場と権力〈「改革」に憑かれた経済学者の肖像〉
斎藤千輪　神楽坂つきみ茶屋〈禁断の「盃《さかずき》」と絶品江戸レシピ〉
斎藤千輪　神楽坂つきみ茶屋2〈突然のピンチと喜寿の祝い膳〉
斎藤千輪　神楽坂つきみ茶屋3〈想い人に捧げる鍋料理〉
斎藤千輪　神楽坂つきみ茶屋4〈頂上決戦の七夕料理〉

作画……蔡志忠 訳……和田武司 監修……野末陳平 マンガ 孔子の思想
作画……蔡志忠 訳……和田武司 監修……野末陳平 マンガ 老荘の思想
作画……蔡志忠 訳……和田武司 監修……野末陳平 マンガ 孫子・韓非子の思想
佐野広実 わたしが消える
紗倉まな 春、死なん
司馬遼太郎 新装版 播磨灘物語 全四冊
司馬遼太郎 新装版 箱根の坂(上)(中)(下)
司馬遼太郎 新装版 アームストロング砲
司馬遼太郎 新装版 歳月(上)(下)
司馬遼太郎 新装版 おれは権現
司馬遼太郎 新装版 大坂侍
司馬遼太郎 新装版 北斗の人(上)(下)
司馬遼太郎 新装版 軍師二人
司馬遼太郎 新装版 真説宮本武蔵
司馬遼太郎 新装版 最後の伊賀者
司馬遼太郎 新装版 俄(上)(下)
司馬遼太郎 新装版 尻啖え孫市(上)(下)
司馬遼太郎 新装版 王城の護衛者
司馬遼太郎 新装版 妖怪(上)(下)
司馬遼太郎 新装版 風の武士(上)(下)
司馬遼太郎 戦雲の夢〈レジェンド歴史時代小説〉
司馬遼太郎・海音寺潮五郎 新装版 日本歴史を点検する
司馬遼太郎・井上ひさし 新装版 国家・宗教・日本人
司馬遼太郎・陳舜臣・金達寿 新装版 歴史の交差路にて〈日本・中国・朝鮮〉
柴田錬三郎 お江戸日本橋(上)(下)
柴田錬三郎 貧乏同心御用帳
柴田錬三郎 新装版 岡っ引どぶ〈柴錬捕物帖〉
柴田錬三郎 新装版 顔十郎罷り通る(上)(下)
島田荘司 御手洗潔の挨拶
島田荘司 御手洗潔のダンス
島田荘司 水晶のピラミッド
島田荘司 眩（めまい）暈
島田荘司 アトポス
島田荘司 異邦の騎士〈改訂完全版〉
島田荘司 御手洗潔のメロディ
島田荘司 Pの密室
島田荘司 ネジ式ザゼツキー
島田荘司 都市のトパーズ2007
島田荘司 21世紀本格宣言
島田荘司 帝都衛星軌道
島田荘司 UFO大通り
島田荘司 リベルタスの寓話
島田荘司 透明人間の納屋
島田荘司 占星術殺人事件〈改訂完全版〉
島田荘司 斜め屋敷の犯罪〈改訂完全版〉
島田荘司 星籠《せいろ》の海(上)(下)
島田荘司 屋上
島田荘司 名探偵傑作短篇集 御手洗潔篇
島田荘司 火刑都市〈改訂完全版〉
島田荘司 暗闇坂の人喰いの木〈改訂完全版〉
清水義範 蕎麦《そば》ときしめん
清水義範 国語入試問題必勝法〈新装版〉
椎名誠 にっぽん・海風魚旅〈怪し火さすらい編〉
椎名誠 大漁旗ぶるぶる乱風編〈にっぽん・海風魚旅4〉
椎名誠 南シナ海ドラゴン編〈にっぽん・海風魚旅5〉
椎名誠 風のまつり
椎名誠 ナマコ

椎名 誠 埠頭三角暗闇市場
真保裕一 取引
真保裕一 震源
真保裕一 盗聴
真保裕一 朽ちた樹々の枝の下で
真保裕一 奪取(上)(下)
真保裕一 防壁
真保裕一 密告
真保裕一 黄金の島(上)(下)
真保裕一 発火点
真保裕一 夢の工房
真保裕一 灰色の北壁
真保裕一 覇王の番人(上)(下)
真保裕一 デパートへ行こう!
真保裕一 アマルフィ〈外交官シリーズ〉
真保裕一 天使の報酬〈外交官シリーズ〉
真保裕一 アンダルシア〈外交官シリーズ〉
真保裕一 ダイスをころがせ!(上)(下)
真保裕一 天魔ゆく空(上)(下)
真保裕一 ローカル線で行こう!
真保裕一 遊園地に行こう!
真保裕一 オリンピックへ行こう!
真保裕一 連鎖〈新装版〉
真保裕一 暗闇のアリア
真保裕一 ダーク・ブルー
篠田節子 弥勒
篠田節子 転生
篠田節子 竜と流木
重松 清 定年ゴジラ
重松 清 半パン・デイズ
重松 清 流星ワゴン
重松 清 ニッポンの単身赴任
重松 清 愛妻日記
重松 清 青春夜明け前
重松 清 カシオペアの丘で(上)(下)
重松 清 永遠《とわ》を旅する者〈ロストオデッセイ 千年の夢〉
重松 清 かあちゃん
重松 清 十字架
重松 清 峠うどん物語(上)(下)
重松 清 希望ヶ丘の人びと(上)(下)
重松 清 赤ヘル1975
重松 清 なぎさの媚薬(上)(下)
重松 清 さすらい猫ノアの伝説
重松 清 ルビィ
重松 清 どんまい
重松 清 旧友再会
新野剛志 美しい家
新野剛志 明日の色
殊能将之 ハサミ男
殊能将之 鏡の中は日曜日
殊能将之 殊能将之 未発表短篇集
首藤瓜於 事故係生稲昇太の多感
首藤瓜於 脳男 新装版
首藤瓜於 ブックキーパー脳男(上)(下)
島本理生 シルエット
島本理生 リトル・バイ・リトル
島本理生 生まれる森

島本理生　七緒のために
島本理生　夜はおしまい
小路幸也　高く遠く空へ歌ううた
小路幸也　空へ向かう花
小路幸也 原案 山田洋次 平松恵美子 小説　家族はつらいよ
小路幸也 原作・脚本 山田洋次 脚本 平松恵美子 小説　家族はつらいよ2
島田律子　私はもう逃げない〈自閉症の弟から教えられたこと〉
辛酸なめ子　女　修　行
柴崎友香　ドリーマーズ
柴崎友香　パ　ノ　ラ　ラ
翔田　寛　誘　拐　児
白石一文　この胸に深々と突き刺さる矢を抜け（上）（下）
小説現代編 石田衣良他著　10分間の官能小説集
小説現代編 勝目 梓他著　10分間の官能小説集2
小説現代編 乾くるみ他著　10分間の官能小説集3
柴村　仁　プシュケの涙
塩田武士　盤上のアルファ
塩田武士　盤　上　に　散　る
塩田武士　女神のタクト
塩田武士　ともにがんばりましょう
塩田武士　罪　の　声
塩田武士　氷　の　仮　面
塩田武士　歪　ん　だ　波　紋
芝村涼也　孤　闘《とう》　の　寂《せき》〈素浪人半四郎百鬼夜行（六）〉
芝村涼也　追　憶　の　翰《かん》〈素浪人半四郎百鬼夜行（拾遺）〉
真藤順丈　畦　と　銃
真藤順丈　宝　島（上）（下）
柴崎竜人　三軒茶屋星座館1〈冬のオリオン〉
柴崎竜人　三軒茶屋星座館2〈夏のキグナス〉
柴崎竜人　三軒茶屋星座館3〈春のカリスト〉
柴崎竜人　三軒茶屋星座館4〈秋のアンドロメダ〉
周木　律　眼　球　堂　の　殺　人〈～The Book～〉
周木　律　双　孔　堂　の　殺　人〈～Double Torus～〉
周木　律　五　覚　堂　の　殺　人〈～Burning Ship～〉
周木　律　伽　藍　堂　の　殺　人〈～Banach-Tarski Paradox～〉
周木　律　教　会　堂　の　殺　人〈～Game Theory～〉
周木　律　鏡　面　堂　の　殺　人〈～Theory of Relativity～〉
周木　律　大　聖　堂　の　殺　人〈～The Books～〉
下村敦史　闇に香る嘘
下村敦史　生　還　者
下村敦史　叛《はん》　徒《と》
下村敦史　失　踪　者
下村敦史　緑　の　窓　口〈樹木トラブル解決します〉
九　把　刀 阿井幸作／泉　京鹿 訳　あの頃、君を追いかけた
神護かずみ　ノワールをまとう女
四戸俊成 芹沢政信　神在月のこども
篠原悠希　霊　獣　紀〈獲麟《かくりん》の書（上）〉
篠原悠希　霊　獣　紀〈獲麟《かくりん》の書（下）〉
篠原悠希　霊　獣　紀〈蛟龍《こうりゅう》の書（上）〉
篠原悠希　霊　獣　紀〈蛟龍《こうりゅう》の書（下）〉
篠原美季　古　都　妖　異　譚〈玉手箱～シール オブ ザ ゴッデス～〉
潮谷　験　ス　イ　ッ　チ〈悪意の実験〉
潮谷　験　時　空　犯
潮谷　験　エンドロール
島口大樹　鳥がぼくらは祈り、
杉本苑子　孤愁の岸（上）（下）
鈴木光司　神々のプロムナード

講談社文庫　目録

鈴木英治　大江戸監察医
鈴木英治　望みの薬種〈大江戸監察医〉
杉本章子　お狂言師歌吉うきよ暦
杉本章子　大奥二人道成寺〈お狂言師歌吉うきよ暦〉
ジョン・スタインベック　齊藤昇訳　ハツカネズミと人間
諏訪哲史　アサッテの人
菅野雪虫　天山の巫女《みこ》ソニン(1) 黄金の燕
菅野雪虫　天山の巫女《みこ》ソニン(2) 海の孔雀
菅野雪虫　天山の巫女《みこ》ソニン(3) 朱鳥《あけがらす》の星
菅野雪虫　天山の巫女《みこ》ソニン(4) 夢の白鷺
菅野雪虫　天山の巫女《みこ》ソニン(5) 大地の翼
菅野雪虫　天山の巫女《みこ》ソニン 巨山《コザン》外伝〈予言の娘〉
菅野雪虫　天山の巫女《みこ》ソニン 江南《カンナム》外伝〈海竜の子〉
鈴木みき　日帰り登山のススメ〈あした、山へ行こう!〉
砂原浩太朗　いのちがけ〈加賀百万石の礎〉
砂原浩太朗　高瀬庄左衛門御留書
ラトナサリ・デヴィ・スカルノ　選ばれる女におなりなさい〈デヴィ夫人の婚活論〉
瀬戸内寂聴　新寂庵説法 愛なくば
瀬戸内寂聴　人が好き[私の履歴書]
瀬戸内寂聴　白道
瀬戸内寂聴　寂聴相談室 人生道しるべ
瀬戸内寂聴　瀬戸内寂聴の源氏物語
瀬戸内寂聴　愛する能力
瀬戸内寂聴　藤壺
瀬戸内寂聴　生きることは愛すること
瀬戸内寂聴　寂聴と読む源氏物語
瀬戸内寂聴　月の輪草子
瀬戸内寂聴　新装版 寂庵説法
瀬戸内寂聴　死に支度
瀬戸内寂聴　新装版 蜜と毒
瀬戸内寂聴　新装版 花《か》怨《えん》
瀬戸内寂聴　新装版 祇園女御《ぎおんにょうご》(上)(下)
瀬戸内寂聴　新装版 かの子撩乱
瀬戸内寂聴　新装版 京まんだら(上)(下)
瀬戸内寂聴　いのち
瀬戸内寂聴　花のいのち
瀬戸内寂聴　ブルーダイヤモンド〈新装版〉
瀬戸内寂聴　97歳の悩み相談
瀬戸内寂聴　すらすら読める源氏物語(上)(中)(下)
瀬戸内寂聴・訳　源氏物語 巻一《まきいち》
瀬戸内寂聴・訳　源氏物語 巻二《まきに》
瀬戸内寂聴・訳　源氏物語 巻三《まきさん》
瀬戸内寂聴・訳　源氏物語 巻四《まきし》
瀬戸内寂聴・訳　源氏物語 巻五《まきご》
瀬戸内寂聴・訳　源氏物語 巻六《まきろく》
瀬戸内寂聴・訳　源氏物語 巻七《まきしち》
瀬戸内寂聴・訳　源氏物語 巻八《まきはち》
瀬戸内寂聴・訳　源氏物語 巻九《まきく》
瀬戸内寂聴・訳　源氏物語 巻十《まきじゅう》
先崎　学　先崎学の実況!盤外戦
妹尾河童　少年H(上)(下)
瀬尾まいこ　幸福な食卓
関原健夫　がん六回 人生全快
瀬川晶司　泣き虫しょったんの奇跡 完全版〈サラリーマンから将棋のプロへ〉
仙川　環《たまき》　幸福の劇薬〈医者探偵・宇賀神晃〉
仙川　環　偽装診療〈医者探偵・宇賀神晃〉
瀬木比呂志　黒い巨塔〈最高裁判所〉

瀬那和章　今日も君は、約束の旅に出る
蘇部健一　六枚のとんかつ
蘇部健一　六とん2
蘇部健一　届かぬ想い
曽根圭介　沈底魚
曽根圭介　藁《わら》にもすがる獣たち
田辺聖子　ひねくれ一茶
田辺聖子　愛の幻滅(上)(下)
田辺聖子　うたかた
田辺聖子　春情蛸の足
田辺聖子　蝶花嬉遊図
田辺聖子　言い寄る
田辺聖子　私的生活
田辺聖子　苺をつぶしながら
田辺聖子　不機嫌な恋人
田辺聖子　女の日時計
谷川俊太郎訳 和田誠絵　マザー・グース　全四冊
立花隆　中核VS革マル(上)(下)
立花隆　日本共産党の研究　全三冊

立花隆　青春漂流
高杉良　労働貴族
高杉良　広報室沈黙す(上)(下)
高杉良　炎の経営者(上)(下)
高杉良　小説 日本興業銀行　全五冊
高杉良　社長の器
高杉良　その人事に異議あり〈女性広報主任のジレンマ〉
高杉良　人事権！
高杉良　小説消費者金融〈クレジット社会の罠〉
高杉良　小説 新巨大証券(上)(下)
高杉良　局長罷免―小説通産省
高杉良　首魁《しゅかい》の宴《うたげ》〈政官財腐敗の構図〉
高杉良　指名解雇
高杉良　燃ゆるとき
高杉良　銀行大合併〈短編小説全集(上)〉
高杉良　エリートの反乱〈短編小説全集(中)〉
高杉良　金融腐蝕列島(上)(下)
高杉良　勇気凜々
高杉良　混沌《こんとん》 新・金融腐蝕列島(上)(下)

高杉良　乱気流(上)(下)
高杉良　小説会社再建
高杉良　新装版 懲戒解雇
高杉良　新装版 大逆転！〈小説 三菱・第一銀行合併事件〉
高杉良　新装版 バンダルの塔
高杉良　第四権力〈巨大メディアの罪〉
高杉良　巨大外資銀行
高杉良　最強の経営者〈アサヒビールを再生させた男〉
高杉良　リベンジ〈巨大外資銀行〉
高杉良　新装版 会社蘇生
竹本健治　新装版 匣《はこ》の中の失楽
竹本健治　囲碁殺人事件
竹本健治　将棋殺人事件
竹本健治　トランプ殺人事件
竹本健治　狂い壁 狂い窓
竹本健治　涙《るい》香《こう》迷《めい》宮《きゅう》
竹本健治　新装版 ウロボロスの偽書(上)(下)
竹本健治　ウロボロスの基礎論(上)(下)
竹本健治　ウロボロスの純正音律(上)(下)

高橋源一郎　日本文学盛衰史
高橋源一郎　5と3/4時間目の授業
高橋克彦　写楽殺人事件
高橋克彦　総門谷
高橋克彦　炎立《ほむら》つ　壱　北の埋み火
高橋克彦　炎立つ　弐　燃える北天
高橋克彦　炎立つ　参　空への炎
高橋克彦　炎立つ　四　冥き稲妻
高橋克彦　炎立つ　伍　光彩楽土〈全五巻〉
高橋克彦　火怨〈北の燿星アテルイ〉(上)(下)
高橋克彦　水壁〈アテルイを継ぐ男〉
高橋克彦　天を衝く(1)〜(3)
高橋克彦　風の陣　一　立志篇
高橋克彦　風の陣　二　大望篇
高橋克彦　風の陣　三　天命篇
高橋克彦　風の陣　四　風雲篇
高橋克彦　風の陣　五　裂心篇
高樹のぶ子　オライオン飛行
田中芳樹　創竜伝1〈超能力四兄弟《ドラゴン》〉

田中芳樹　創竜伝2〈摩天楼の四兄弟《ドラゴン》〉
田中芳樹　創竜伝3〈逆襲の四兄弟《ドラゴン》〉
田中芳樹　創竜伝4〈四兄弟《ドラゴン》脱出行〉
田中芳樹　創竜伝5〈蜃気楼都市《ミラージュ・シティ》〉
田中芳樹　創竜伝6〈染血の夢《ブラッディ・ドリーム》〉
田中芳樹　創竜伝7〈黄土のドラゴン〉
田中芳樹　創竜伝8〈仙境のドラゴン〉
田中芳樹　創竜伝9〈妖世紀のドラゴン〉
田中芳樹　創竜伝10〈大英帝国最後の日〉
田中芳樹　創竜伝11〈銀月王伝奇〉
田中芳樹　創竜伝12〈竜王風雲録〉
田中芳樹　創竜伝13〈噴火列島〉
田中芳樹　創竜伝14〈月への門〉
田中芳樹　魔天楼〈薬師寺涼子の怪奇事件簿〉
田中芳樹　東京ナイトメア〈薬師寺涼子の怪奇事件簿〉
田中芳樹　巴里《パリ》・妖都変〈薬師寺涼子の怪奇事件簿〉
田中芳樹　クレオパトラの葬送〈薬師寺涼子の怪奇事件簿〉
田中芳樹　黒蜘蛛島《ブラックスパイダー・アイランド》〈薬師寺涼子の怪奇事件簿〉
田中芳樹　夜光曲〈薬師寺涼子の怪奇事件簿〉

田中芳樹　魔境の女王陛下〈薬師寺涼子の怪奇事件簿〉
田中芳樹　海から何かがやってくる〈薬師寺涼子の怪奇事件簿〉
田中芳樹　白魔《びゃくま》のクリスマス〈薬師寺涼子の怪奇事件簿〉
田中芳樹　タイタニア1〈疾風篇〉
田中芳樹　タイタニア2〈暴風篇〉
田中芳樹　タイタニア3〈旋風篇〉
田中芳樹　タイタニア4〈烈風篇〉
田中芳樹　タイタニア5〈凄風篇〉
田中芳樹　ラインの虜囚
田中芳樹　新・水滸後伝(上)(下)
田中芳樹
幸田露伴 原作　運命〈二人の皇帝〉
田中芳樹
土屋守　「イギリス病」のすすめ
田中芳樹《は》文
皇名月画《か》・文　中国帝王図
田中芳樹
赤城毅　中欧怪奇紀行
田中芳樹編訳　岳飛伝(一)〈青雲篇〉
田中芳樹編訳　岳飛伝(二)〈烽火篇〉
田中芳樹編訳　岳飛伝(三)〈風塵篇〉
田中芳樹編訳　岳飛伝(四)〈悲曲篇〉
田中芳樹編訳　岳飛伝(五)〈凱歌篇〉

高田文夫　TOKYO芸能帖〈1981年のビートたけし〉
髙村　薫　李歐《りおう》
髙村　薫　マークスの山(上)(下)
髙村　薫　照　柿(上)(下)
多和田葉子　犬　婿　入　り
多和田葉子　尼僧とキューピッドの弓
多和田葉子　献　灯　使
多和田葉子　地球にちりばめられて
多和田葉子　星に仄めかされて
高田崇史　QED〈百人一首の呪《しゅ》〉
高田崇史　QED〈六歌仙の暗号〉
高田崇史　QED〈ベイカー街の問題〉
高田崇史　QED〈東照宮の怨〉
高田崇史　QED〈式の密室〉
高田崇史　QED〈竹取伝説〉
高田崇史　QED〈龍馬暗殺〉
高田崇史　QED ~ventus~〈鎌倉の闇〉
高田崇史　QED〈鬼の城伝説〉
高田崇史　QED ~ventus~〈熊野の残照〉
高田崇史　QED〈神器封殺〉
高田崇史　QED ~ventus~〈御霊将門〉
高田崇史　QED ~flumen~〈九段坂の春〉
高田崇史　QED〈諏訪の神霊〉
高田崇史　QED〈出雲神伝説〉
高田崇史　QED〈伊勢の曙光《あけぼの》〉
高田崇史　QED ~flumen~〈ホームズの真実〉
高田崇史　毒　草　師〈QED Another Story〉
高田崇史　QED〈~flumen~月夜見〉
高田崇史　QED〈~ortus~白山の頻闇〉
高田崇史　QED〈憂曇華《うどんげ》の時〉
高田崇史　QED〈源氏の神霊〉
高田崇史　試験に出るパズル〈千葉千波の事件日記〉
高田崇史　試験に敗けない密室〈千葉千波の事件日記〉
高田崇史　試験に出ないパズル〈千葉千波の事件日記〉
高田崇史　パズル自由自在〈千葉千波の事件日記〉
高田崇史　麿の酩酊事件簿〈花に舞〉
高田崇史　麿の酩酊事件簿〈月に酔〉
高田崇史　クリスマス緊急指令〈~きよしこの夜、事件は起こる!~〉
高田崇史　カンナ　飛鳥の光臨
高田崇史　カンナ　天草の神兵
高田崇史　カンナ　吉野の暗闘
高田崇史　カンナ　奥州の覇者
高田崇史　カンナ　戸隠の殺皆
高田崇史　カンナ　鎌倉の血陣
高田崇史　カンナ　天満の葬列
高田崇史　カンナ　出雲の顕在
高田崇史　カンナ　京都の霊前
高田崇史　軍　神　の　血　脈〈楠木正成秘伝〉
高田崇史　神の時空《とき》　鎌倉の地龍
高田崇史　神の時空　倭《やまと》の水霊
高田崇史　神の時空　貴船の沢鬼
高田崇史　神の時空　三輪《みわ》の山祇《やまつみ》
高田崇史　神の時空　嚴島《いつくしま》の烈風
高田崇史　神の時空　伏見稲荷の轟雷
高田崇史　神の時空　五色不動の猛火
高田崇史　神の時空　京の天命
高田崇史　神の時空　前紀〈女神の功罪〉

講談社文庫　目録

高田崇史　鬼棲む国、出雲〈古事記異聞〉
高田崇史　オロチの郷、奥出雲〈古事記異聞〉
高田崇史　京の怨霊、元出雲〈古事記異聞〉
高田崇史　鬼統べる国、大和出雲〈古事記異聞〉
高田崇史　源平の怨霊〈小余綾《こゆるぎ》俊輔の最終講義〉
高田崇史　試験に出ないQED異聞〈高田崇史短編集〉
高田崇史ほか　読んで旅する鎌倉時代
団　鬼六　悦楽王〈鬼プロ繁盛記〉
高野和明　13階段
高野和明　グレイヴディッガー
高野和明　6時間後に君は死ぬ
大道珠貴　ショッキングピンク
高木　徹　ドキュメント 戦争広告代理店〈情報操作とボスニア紛争〉
田中啓文　件《くだん》〈もの言う牛〉
田中啓文　誰が千姫を殺したか〈蛇身探偵豊臣秀頼〉
高嶋哲夫　メルトダウン
高嶋哲夫　命の遺伝子
高嶋哲夫　首都感染
高野秀行　西南シルクロードは密林に消える

高野秀行　アジア未知動物紀行 ベトナム・奄美・アフガニスタン
高野秀行　イスラム飲酒紀行
高野秀行　移民の宴〈日本に移り住んだ外国人の不思議な食生活〉
高野秀行　角幡唯介　地図のない場所で眠りたい
田牧大和　花合せ〈濱次お役者双六〉
田牧大和　質草破り〈濱次お役者双六 二ます目〉
田牧大和　翔ぶ梅〈濱次お役者双六 三ます目〉
田牧大和　半可心中〈濱次お役者双六〉
田牧大和　長屋狂言〈濱次お役者双六〉
田牧大和　錠前破り、銀太
田牧大和　錠前破り、銀太　紅蜆《べにしじみ》
田牧大和　錠前破り、銀太　首魁《しゅかい》
田牧大和　大福三つ巴〈宝来堂うまいもん番付〉
田中慎弥　完全犯罪の恋
高野史緒　カラマーゾフの妹
高野史緒　翼竜館の宝石商人
高野史緒　大天使はミモザの香り
瀧本哲史　僕は君たちに武器を配りたい〈エッセンシャル版〉
竹吉優輔　襲名犯

高田大介　図書館の魔女　第一巻 第二巻
高田大介　図書館の魔女　第三巻 第四巻
高田大介　図書館の魔女　烏《からす》の伝言《つてこと》 (上)(下)
大門剛明　完全無罪
大門剛明　死刑評決〈「完全無罪」シリーズ〉
橘もも 沖田×華 原作 安達奈緒子 脚本 著　小説 透明なゆりかご (上)(下)
橘もも ヤマシタトモコ 原作 相沢友子 脚本 著　さんかく窓の外側は夜〈映画版ノベライズ〉
橘もも 脚本 三木聡　大怪獣のあとしまつ〈映画ノベライズ〉
滝口悠生　高架線
高山文彦　ふたり〈皇后美智子と石牟礼道子〉
高橋弘希　日曜日の人々《サンデー・ピープル》
武田綾乃　青い春を数えて
武田綾乃　愛されなくても別に
谷口雅美　殿、恐れながらブラックでござる
谷口雅美　殿、恐れながらリモートでござる
武川佑　虎の牙
武内涼　謀聖 尼子経久伝〈青雲の章〉
武内涼　謀聖 尼子経久伝〈風雲の章〉
武内涼　謀聖 尼子経久伝〈瑞雲の章〉

武内　涼　謀聖　尼子経久伝〈雷雲の章〉
立松和平　すらすら読める奥の細道
高梨ゆき子　大学病院の奈落
珠川こおり　檸檬先生
陳　舜臣　中国五千年(上)(下)
陳　舜臣　中国の歴史　全七冊
陳　舜臣　小説十八史略　全六冊
千早　茜　森の家
千野隆司　大店の暖簾《のれん》〈下り酒一番〉
千野隆司　分家の始末〈下り酒一番(二)〉
千野隆司　献上の祝酒〈下り酒一番(三)〉
千野隆司　大《おお》酒《ざけ》の合戦〈下り酒一番(四)〉
千野隆司　銘酒の真贋〈下り酒一番(五)〉
千野隆司　追跡
知野《ちの》みさき　江戸は浅草
知野みさき　江戸は浅草2〈盗人探し〉
知野みさき　江戸は浅草3〈桃と桜〉
知野みさき　江戸は浅草4〈冬青《そよご》灯籠《どうろう》〉
知野みさき　江戸は浅草5〈春の捕物〉

崔《チェ》　実《シル》　ジニのパズル
崔　実　pray《プレイ》 human《ヒューマン》
筒井康隆　創作の極意と掟
筒井康隆　読書の極意と掟
筒井康隆ほか12名　名探偵登場！
都筑道夫　なめくじに聞いてみろ〈新装版〉
辻村深月　冷たい校舎の時は止まる(上)(下)
辻村深月　子どもたちは夜と遊ぶ(上)(下)
辻村深月　凍りのくじら
辻村深月　ぼくのメジャースプーン
辻村深月　スロウハイツの神様(上)(下)
辻村深月　名前探しの放課後(上)(下)
辻村深月　ロードムービー
辻村深月　ゼロ、ハチ、ゼロ、ナナ。
辻村深月　V.T.R.
辻村深月　光待つ場所へ
辻村深月　ネオカル日和
辻村深月　島はぼくらと
辻村深月　家族シアター

辻村深月　図書室で暮らしたい
辻村深月　噛みあわない会話と、ある過去について
新川直司 漫画 辻村深月 原作　コミック　冷たい校舎の時は止まる(上)(下)
津村記久子　ポトスライムの舟
津村記久子　カソウスキの行方
津村記久子　やりたいことは二度寝だけ
津村記久子　二度寝とは、遠くにありて想うもの
恒川光太郎　竜が最後に帰る場所
月村了衛　神子《みこ》上《がみ》典《てん》膳《ぜん》
月村了衛　悪の五輪
辻堂　魁《かい》　落暉《ゆうひ》に燃ゆる〈大岡裁き再吟味〉
辻堂　魁　山桜花〈大岡裁き再吟味〉
フランソワ・デュボワ　太極拳が教えてくれた人生の宝物〈中国・武当山90日間修行の記〉
手塚マキと歌舞伎町ホスト80人 from Smappa! Group　ホスト万葉集〈文庫スペシャル〉
土居良一　海翁伝
鳥羽　亮　金貸し権兵衛〈鶴亀横丁の風来坊〉
鳥羽　亮　提《ちょう》灯《ちん》斬り〈鶴亀横丁の風来坊〉
鳥羽　亮　お京危うし〈鶴亀横丁の風来坊〉
鳥羽　亮　狙われた横丁〈鶴亀横丁の風来坊〉

講談社文庫　目録

東郷　隆　【絵解き】雑兵足軽たちの戦い
上田　信　絵　〈歴史・時代小説ファン必携〉
堂場瞬一　八月からの手紙
堂場瞬一　壊れる心〈警視庁犯罪被害者支援課〉
堂場瞬一　邪　心〈警視庁犯罪被害者支援課2〉
堂場瞬一　二度泣いた少女〈警視庁犯罪被害者支援課3〉
堂場瞬一　身代わりの空(上)(下)〈警視庁犯罪被害者支援課4〉
堂場瞬一　影の守護者〈警視庁犯罪被害者支援課5〉
堂場瞬一　不信の鎖〈警視庁犯罪被害者支援課6〉
堂場瞬一　空白の家族〈警視庁犯罪被害者支援課7〉
堂場瞬一　チェンジ〈警視庁犯罪被害者支援課8〉
堂場瞬一　誤《あやま》ちの絆〈警視庁総合支援課〉
堂場瞬一　最後の光〈警視庁総合支援課2〉
堂場瞬一　傷
堂場瞬一　埋れた牙
堂場瞬一　Killers(上)(下)
堂場瞬一　虹のふもと
堂場瞬一　ネタ元
堂場瞬一　ピットフォール
堂場瞬一　ラットトラップ
堂場瞬一　焦土の刑事
堂場瞬一　動乱の刑事
堂場瞬一　沃野の刑事
土橋章宏　超高速！　参勤交代
土橋章宏　超高速！参勤交代　リターンズ
戸谷洋志　Jポップで考える哲学〈自分を問い直すための15曲〉
富樫倫太郎　信長の二十四時間
富樫倫太郎　スカーフェイス〈警視庁特別捜査第三係・淵神律子〉
富樫倫太郎　スカーフェイスII　デッドリミット〈警視庁特別捜査第三係・淵神律子〉
富樫倫太郎　スカーフェイスIII　ブラッドライン〈警視庁特別捜査第三係・淵神律子〉
富樫倫太郎　スカーフェイスIV　デストラップ〈警視庁特別捜査第三係・淵神律子〉
豊田　巧　警視庁鉄道捜査班〈鉄血の警視〉
豊田　巧　警視庁鉄道捜査班〈鉄路の牢獄〉
砥《と》上《がみ》裕《ひろ》將《まさ》　線は、僕を描《えが》く
夏樹静子　新装版　二人の夫をもつ女
中井英夫　新装版　虚無への供物(上)(下)
中村敦夫　狙われた羊
中島らも　僕にはわからない
中島らも　今夜、すべてのバーで〈新装版〉
鳴海　章　フェイスブレイカー
鳴海　章　謀略航路
鳴海　章　全能兵器AiCO《アイコ》
中嶋博行　新装版　検察捜査
中村天風　運命を拓く〈天風瞑想録〉
中村天風　叡智のひびき〈天風哲人　箴言註釈《しんげんちゅうしゃく》〉
中村天風　真理のひびき〈天風哲人　新箴言註釈《しんげんちゅうしゃく》〉
中山康樹　ジョン・レノンから始まるロック名盤
梨屋アリエ　でりばりぃAge
梨屋アリエ　ピアニッシシモ
中島京子　妻が椎茸だったころ
中島京子ほか　黒い結婚　白い結婚
奈須きのこ　空の境界(上)(中)(下)
中村彰彦　乱世の名将　治世の名臣
長野まゆみ　簞笥のなか
長野まゆみ　レモンタルト
長野まゆみ　チマチマ記
長野まゆみ　冥途あり
長野まゆみ　45°〈ここだけの話〉

2023年9月15日現在